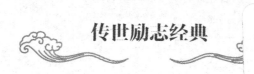

传世励志经典

U0577459

一牍一天下

中国古代励志尺牍

言 心 编

中华工商联合出版社

图书在版编目（CIP）数据

一牍一天下：中国古代励志尺牍 / 言心编著. --
北京：中华工商联合出版社，2015. 8
ISBN 978-7-5158-1354-7

Ⅰ. ①一… Ⅱ. ①言… Ⅲ. ①书信集－中国－古代
Ⅳ. ①I262

中国版本图书馆 CIP 数据核字（2015）第 143486 号

一牍一天下
——中国古代励志尺牍

编　　者：	言　心
出品人：	徐　潜
策划编辑：	魏鸿鸣
责任编辑：	崔红亮
封面设计：	周　源
责任审读：	郭敬梅
责任印制：	迈致红
营销总监：	曹　庆
营销推广：	王　静　万春生
出版发行：	中华工商联合出版社有限责任公司
印　　刷：	天津旭丰源印刷有限公司
版　　次：	2015 年 8 月第 1 版
印　　次：	2023 年 4 月第 4 次印刷
开　　本：	710mm×1020mm　1/16
字　　数：	180 千字
印　　张：	13.75
书　　号：	ISBN 978-7-5158-1354-7
定　　价：	49.80元

服务热线：010－58301130
销售热线：010－58302813
地址邮编：北京市西城区西环广场 A 座
　　　　　19－20 层，100044
http：//www.chgslcbs.cn
E-mail：cicap1202@sina.com（营销中心）
E-mail：gslzbs@sina.com（总编室）

序

　　为了给《传世励志经典》写几句话，我翻阅了手边几种常见的古今中外圣贤大师关于人生的书，大致统计了一下，励志类的比例，确为首屈一指。其实古往今来，所有的成功者，他们的人生和他们所激赏的人生，不外是：有志者，事竟成。

　　励志是动宾结构的词，励是磨砺，志是志向，放在一起就是磨砺志向。所以说，励志不是简单的立志，是要像把刀放在石头上磨才能锋利一样，这个磨砺，也不是轻而易举地摩擦一下，而是要下力气的，对刀来说，不仅要把自身的锈磨掉，还要把多余的部分都要毫不留情地磨掉，这简直是一场磨难。所有绚丽的人生都是用艰难磨砺成的，砥砺生命放光华。可见，励志至少有三层意思：

　　一是立志。国人都崇拜的一本书叫《易经》，那里面有一句话说："天行健，君子以自强不息。"这是一种天人合一的理念，它揭示了自然界和人类发展演化的基本规律，所以一切圣贤伟人无不遵循此道。当然，这里还有一个立什么样的志的问题，孔子说："士不可以不弘毅，任重而道远。"古往今来，凡志士仁人立的都是天下家国之志。李白说：大丈夫必有四方之志，白居易有诗曰：丈夫贵兼济，岂独善一身，讲的都是这个道理。

二是励志。有了志向不一定就能成事，《礼记》里说："玉不琢，不成器。"因为从理想到现实还有很大的距离。志向须在现实的困境中反复历练，不断考验才能变得坚韧弘毅，才能一步一个脚印地逐步实现。所以拿破仑说：真正之才智乃刚毅之志向。孟子则把天将降大任于斯人描述得如此艰难困苦。我们看看历代圣贤，从世界三大宗教的创始人耶稣、穆罕默德、释迦牟尼到孔夫子、司马迁、孙中山，直至各行各业的精英，哪一个不是历经磨难终成大业，哪一个不是砥砺生命放射出人生的光芒。

三是守志。无论立志还是励志都不是一朝一夕、一蹴而就的，它贯穿了人的一生，无论生命之火是绚丽还是暗淡，都将到它熄灭的最后一刻。所以真正的有志者，一方面存矢志不渝之德，另一方面有不为穷变节、不为贱易志之气。像孟子说的那样："富贵不能淫，贫贱不能移，威武不能屈。"明代有位首辅大臣叫刘吉，他说过：有志者立长志，无志者常立志，这话是很有道理的。

话说回来，励志并非粘贴在生命上的标签，而是融汇于人生中一点一滴的气蕴，最后成长为人的格调和气质，成就人生的梦想。不管你做哪一行，有志不论年少，无志空活百年。

这套《传世励志经典》共收辑了100部图书，包括传记、文集、选辑。为励志者满足心灵的渴望，有的像心灵鸡汤，营养而鲜美；有的就是萝卜白菜或粗茶淡饭，却是生命之必需。无论直接或间接，先贤们的追求和感悟，一定会给我们带来生命的惊喜。

徐　潜

前　言

　　尺牍，即我们今天所说的书信，最初是古人的书写工具。《说文》："牍，书版也。"因为牍是书写时用的木简，当时木简长度为一尺左右，故而得名。

　　尺牍一词，最早出现于西汉。《汉书》记载："汉遣单于书，以尺一牍，辞曰，皇帝敬问匈奴大单于无恙。""尺一牍"指汉代诏书，后简称为"尺牍"。《史记》中亦有记载，记曰："缇萦通尺牍，父得以后宁"，此处的"尺牍"，是指名医仓公之女，上书汉文帝，请求替获罪当刑的父亲赎刑。两汉以后，尺牍逐渐成为公私文书的通称。

　　在信息时代未到来前，尺牍是人际交往的一个重要渠道。这些人与人之间的往来信件，内容真实，情节也无须杜撰，都是真情的表达与流露。它使得相隔万里的人能够互通近况，传递思念，正所谓"见字如面"。

　　尺牍行文简便，形式自由，但内容丰富，反映的生活面极其广泛。通过阅读，可以获取很多知识，小到对一个人或者一件事的了解，大而推及当时的时代背景，对于提升自我素质以及学术研究都很有价值。

　　本书主要择取我国自西汉至清代的励志篇目，按时间顺序编排，具有较高的思想性和艺术性。内容方面，或讨论国事，或阐发对人生的思考，或传达情谊。阅读它，不仅可以开阔视野，陶冶情操，还能增长书信文化知识，领略大家风范。

目 录

两

汉

与挚峻①书

(西汉) 司马迁

【题　解】

　　司马迁 (约前 145～约前 90 年), 字子长, 西汉夏阳 (今陕西韩城) 人。西汉史学家、文学家、思想家。著有我国第一部纪传体通史《史记》。

　　挚峻是司马迁的朋友, 品德高尚、才华横溢, 但他终生隐居, 不愿出仕。当时司马迁刚任太史令, 壮志满怀, 于是写信劝挚峻出仕。文中"太上立德, 其次立言, 其次立功"这三个人生准则, 成为后来文人普遍追求的人生境界, 激励着一代又一代的知识分子建功立业, 著书立说, 勇攀道德的最高峰。

【原　文】

　　迁闻君子所贵乎道者②三: 太上立德, 其次立言, 其次立功③。

　　伏惟④伯陵: 材德绝人, 高尚其志。以善厥⑤身, 冰清玉洁。不以细行荷累其名, 固已贵矣。然未尽太上之所繇⑥也, 愿先生少致意⑦焉！

【注 释】

①挚峻：字伯陵，长安人，隐居在岍山。

②君子所贵乎道者：德行高尚、有修养的人所看重的人生准则。

③此三句："太上"即最上，最上等的是树立崇高的道德风范，其次是著书立说，确立自己的一家之言，再次是建立功勋。语出《左传·襄公二十四年》。

④伏惟：敬辞。

⑤厥：其。

⑥繇（yóu）：通"由"。

⑦少致意：稍微把心思放在这里。

戒子歆①书

（西汉）刘　向

【题　解】

刘向（约前 77～前 6 年），原名更生，字子政，沛县（今江苏徐州）人，汉朝著名政治家、经学家、目录学家和文学家。所著《别录》，为我国最早的图书公类目录。代表作有《列女传》《新序》等。

这封家书是刘向在儿子初登仕途、出任黄门侍郎职位时写的，旨在提醒儿子福祸相依的道理，作者还列举了春秋时期齐顷公的典故，告诫他务必谦虚谨慎，戒骄戒躁，低调自守，做好本职工作，以免遭受祸端。

【原　文】

告歆无忽②：若未有异德，蒙恩甚厚，将何以报？董生③有云："吊者在门，贺者在闾。"言有忧则恐惧敬事，敬事则必有善功，而福至也。又曰："贺者在门，吊者在闾。"④言受福则骄奢，骄奢则祸至，故吊随而来。齐顷公之始，藉霸者之余威，轻侮诸侯，跂蹇之容，故被鞍之祸，遁服而亡，所谓"贺者在门，吊者在闾"也⑤。兵败师破，人皆吊之，恐惧自新，百姓爱之，诸侯皆归其所夺邑，所谓"吊者在门，贺者在闾"也⑥。今若⑦年少，得黄门侍郎⑧，要显处也。新拜皆谢，贵人叩头⑨，谨战战栗栗，乃可必免。

【注　释】

①歆：即刘歆（约前50～23年），刘向之子，字子骏，经学家、数学家，最初充任黄门侍郎，后来因得罪权贵而被贬为地方太守，王莽时期为国师，后来因为谋诛王莽事发而自杀。

②无忽：不可疏忽大意。

③董生：即董仲舒（前179～前104年），西汉著名思想家、儒学家。武帝时倡"独尊儒术，罢黜百家"，开封建社会儒学正统之先河。

④"贺者"句：意即贺喜的人登临家门之时，吊哀的人也已经到巷口了。吊：慰问。闾：里巷。

⑤"齐顷公"数句：春秋时期，齐国太夫人曾讥笑晋国使者却克跛足，后却克率晋军攻齐，战于鞍地，齐军大败，齐顷公只好易服下车而逃。跂蹇：足跛，瘸腿。

⑥"兵败"句：齐顷公遭受失败，人们感到悲伤，他恐惧之后改过自新，从而受到百姓拥戴，诸侯们也都把掠夺来的齐国城镇归还给了他。

⑦若：你。

⑧黄门侍郎：官名，又称黄门郎，始于秦代，东汉时成为专职，是皇帝的近侍之臣，负责传达诏命。

⑨"新拜"句：那些刚刚就职的官员都要向你道贺，地位高贵的人也向你叩头礼拜。

遗公孙弘书

(西汉) 邹长倩

【题 解】

公孙弘 (前200～前121年)，西汉菑川 (今山东寿光) 人，字季，晚年时做过汉武帝的丞相，为官清廉，史有佳誉，受封平津侯。邹长倩，约公元前140年前后在世，是公孙弘故人。元光五年 (前130) 公孙弘再次被举为贤良，但家境贫寒，邹长倩曾在物质上给予他大力扶持。

这封信的原标题为"遗公孙贤良书"，主要写作者赠生刍一束，相许人格；次赠素丝一襚，勉励他从小处着手，建立功勋；三赠扑满一枚，诫其聚而不散以致败。以喻理于所赠之物，文笔精致，寓意深刻，耐人品味。

【原 文】

夫人无幽显，道在则尊。虽生刍①之贱也，不能脱落君子，故赠君生刍一束，《诗》所谓："生刍一束，其人如玉②。"五丝为纑，倍纑为升，倍升为緎，倍緎为纪，倍纪为緵，倍緵为襚③。此自少之多，自微至著也。士之立功勋，效名节，亦复如之。勿以小善不足修而不为也。故赠君素丝一襚。扑满④者，以土为器，以蓄钱。具其有入窍，而无出窍，满则扑之。土，粗物也；钱，重货也。入而不出，积而不散，故扑之。士有聚敛而不能散者，将有扑满之败⑤，可不诫欤？故赠君扑满一枚。猗嗟！盛欤！山川阻修，加以风露，次卿足下，勉作功名。窃在下风，以俟⑥嘉誉。

【注　释】

①生刍：新割的嫩草。

②"生刍"句：见《诗·小雅·白驹》。意为无论外表高贵还是贫贱，内在的品质才最重要。

③"五丝"句：丝、繬（niè）、升、緎（yù）、纪、緵（zōng）、襚（suì），皆丝之度量单位。倍，一倍。

④扑满：储蓄钱币的瓦器。

⑤败：失败，指因聚敛钱财而招致的败落。

⑥俟：等候。

上武帝书

（西汉）东方朔

【题　解】

　　东方朔（前154～前93年），字曼倩，平原厌次（今山东德州）人，西汉文学家，以幽默风趣且才华横溢称雄。

　　这是一封自荐信。东方朔精通兵法，才华横溢，充满智慧，但由于为人过于自负，一直得不到重用。这封上书汉武帝的信中，翔实陈述了自己的身世以及学识程度，不卑不亢，毫无谄媚之相。

【原　文】

　　臣朔少失父母，长养兄嫂。年十二，学书三冬，文史足用。十五学击剑，十六学诗书，诵二十二万言；十九学孙、吴兵法，战阵之具，钲鼓之教①，亦诵二十二万言。凡臣朔固已诵四十四万言。又常服子路②之言。臣朔年二十二，长九尺三寸，目若悬珠③，齿若编贝④，勇若孟贲⑤，捷若庆忌⑥，廉若鲍叔⑦，信若尾生⑧，若此可以为天子大臣矣。臣朔昧死，再拜以闻。

【注　释】

①"战阵"二句：钲：古代行军时用的打击乐器。这里是指兵器和指挥方法。

②子路：孔子的大弟子，以勇武忠心著称。

③悬珠：指珍珠，这里极言眼睛明亮。

④编贝：是排列整体的贝壳，这里极言牙齿的整齐洁白。

⑤孟贲：相传为战国时勇士，力大无穷，能生拔牛角。

⑥庆忌：吴王僚的儿子，战国时代的勇士。

⑦鲍叔：指鲍叔牙，春秋时代齐襄公大夫，善举贤任能。

⑧尾生：相传为春秋时鲁国人，十分讲信用。

辞郡辟让申屠蟠书

（东汉）蔡　邕

【题　解】

　　蔡邕（yōng）（133～192年），字伯喈，陈留圉（今河南开封）人，东汉著名文学家和书法家，蔡文姬之父。董卓专权时，曾被迫出任侍御史，官至左中郎将，封高阳乡侯。董卓死，邕闻讯叹息，被以"怀卓"罪下狱死。当时蔡邕被州郡举荐为孝廉，但蔡邕认为自己不如申屠蟠，于是他极力推荐申屠蟠。这封信从若干方面对申屠蟠加以赞誉，而蔡邕的让贤之举则体现了他情操之高洁。

【原　文】

　　申屠蟠禀气①玄妙，心敏性通。丧亲尽礼，几于毁灭②。至行美谊③，人所鲜能。安贫乐潜④，味道守真⑤。不为燥湿轻重，不为穷达易饰⑥。方之于邕，以齿则长，以德则贤⑦。

【注　释】

①禀气：禀赋和气质。

②毁灭：形容非常哀伤，面容都变了样。

③至行美谊：品行高尚，情谊美好。

④乐潜：乐于潜沉，甘居下位。

⑤味道守真：体察道理，保持自然本性。

⑥"不为"二句：意即不受环境影响而改变自身。

⑦"以齿"二句：若论年龄，则他居长；若论德行，则他比我优秀。

与子陵书

（东汉）刘　秀

【题　解】

刘秀（前6～57年），汉光武帝。东汉王朝的建立者。

这是汉光武帝刘秀做了皇帝后写给故交严子陵的信，也是一位帝王写给一位隐士的信，内容措辞婉转谦卑，看似客气，实则透露了帝王的不满之处，但又不失帝王身份，耐人寻味。王符曾在《古文小品咀华》称赞道："字字精悍，奇哉！曰'何敢'，恭敬得妙。曰'奈何'，埋怨得妙。曰'非所敢'，决绝得妙。搬运虚字，出神入化，不可思议。"

【原　文】

古大有为之君，必有不召之臣。朕何敢臣子陵①哉！惟此鸿业，若涉春冰，譬之疮痏，须杖而行②。若绮里不少高皇③，奈何子陵少朕也！箕山颍水④之风，非朕之所敢望。

【注　释】

①子陵：严光，字子陵。原姓庄，为避汉明帝刘庄之讳而改姓严。会稽余姚人。与刘秀为故交，刘秀即位后，他更名隐居。后被召到京师洛阳，任谏议大夫，他不肯受，归隐于浙江杭州桐庐富春山。

②"惟此"句：惟：考虑到。鸿业：大业。春冰：薄冰。痏（wěi）：疮伤，瘢痕。杖而行：杖之而行。这里是指天下刚定，百废待兴，大业需要扶助。

③绮里："绮里"是复姓，此指绮里季。汉初刘邦听说绮里季是位隐士，招纳他时，他没接受。高皇：指汉高祖刘邦。

④箕山颍水：相传唐尧治理天下的时候，隐士许由躲到箕山隐居、巢父在颍水边弃名洗耳。后以"箕山颍水"代指隐居。

手诏东平王^①归国

（东汉）刘　庄

【题　解】

　　刘庄（28～75 年），汉光武帝刘秀第四子，东汉显宗孝明皇帝。在位期间，广招名儒，执经问难，建立学校，培养人才。明帝和章帝在位期间出现的繁荣局面，史称"明章之治"。

　　这是一则皇帝的手诏，是送别之后所写的抒怀短文。作者信笔写来，不拘泥于文辞篇章，但真情却跃然纸上。文章的前半部分以"辞别不乐"为统领，书写自己内心的感受，使"伏轼而吟，瞻望永怀"等四句笼罩在一种感伤之中。行文在此一转，写及自己与东平王的对话。兄弟间只言片语都让他回味无穷，可见其思念之深。刘庄贵为皇帝，对其弟深爱不减，在帝王中极其难得。文章完全采取白描手法，毫无矫饰，凝练紧凑，流畅自然。

【原　文】

　　辞别之后，独坐不乐。因就车^②归，伏轼^③而吟，瞻望永怀^④，实劳^⑤吾心，诵及采菽^⑥，以增叹息。日者^⑦，问东平王处

家何等最乐？王言："为善最乐。"其言甚大，副是要腹⑧矣。今送列侯印十九枚，诸王子年五岁已上能趋拜者，皆令带之。

【注　释】

①东平王：即东平宪王刘苍，光武帝和阴丽华皇后所生的第二个儿子，明帝同母弟。建武十五年（39）封东平公，十七年（41）晋爵为王。刘苍少年时喜读经书，雅有智思，为人美须髯，腰带八围，明帝非常喜爱，又很器重，拜为骠骑将军，位在三公之上。明帝还经常让刘苍在朝辅政。刘苍勤于王室事务，而且十分严谨，不越礼数。因以至亲辅政，声望日高，所以，内心常常感到不安，请求回归蕃国，到皇太后驾崩，明帝才允许回蕃国。永平十一年，刘苍与诸王上京师朝见，一个多月后返回，回到宫里，凄然怀思，写了这篇短文。

②就车：乘车。

③轼：古代车厢前用作扶手的横木。

④永怀：吟咏胸怀，抒发情感。

⑤劳：忧愁。

⑥采菽：出自《诗经·小雅·采菽》："采菽采菽，筐之筥之，君子来朝，何锡与之？"本为赞美诸侯来朝以讽刺周幽王无礼无信于诸侯。明帝不忍与弟分别，故吟诵之。

⑦日者：白天。

⑧副是要腹：刚好达到王的腰和腹。副，符合，达到。要，同腰。东平王品德高尚，善举很多，深受明帝爱重，东平王状貌伟岸，所以有这样的戏言。

报秦嘉书

（东汉）徐　淑

【题　解】

徐淑（约 147 年前后在世），东汉女诗人，陇西（今甘肃东南）人，有诗集传世。秦嘉为其丈夫，夫妇都好诗文，秦嘉生病死后，徐淑的哥哥逼迫其改嫁，徐氏便自毁面貌以表决心，守寡而终。这篇美文是徐淑收到丈夫秦嘉的诗（《留郡赠妇诗》）、书（《重报妻书》）及镜、钗、香、鞋、琴等珍贵赠物后，非常感动，于是写了这封信。先说蒙此厚赠，喜出望外，深知丈夫情深义重，而睹物思人，更加怀念。后面说丈夫真不懂妻子的心：你远出在外，我哪有心情装饰打扮自己呢？所以你要我每日"芳香馥身"、"明镜鉴形"是没真正理解我。接着表示只有等你回来，我才有好心情用这些珍物梳妆打扮，弹琴歌唱，来陪伴自己的情郎。这篇尺牍引经据典，语言优美动人，读来让人颇为享受。

【原　文】

既惠令音①，兼赐诸物，厚顾殷勤，出于非望②！镜有文彩之丽，钗有殊异之观，芳香既珍，素琴益好！惠异物于鄙陋③，割所珍以相赐，非丰厚之恩，孰肯若斯④？

览镜执钗，情想仿佛；操琴咏诗，思心成结。敕⑤以芳香馥身，喻以明镜鉴形，此言过矣⑥，未获我心也！昔诗人有"飞蓬"之感⑦，班婕妤有"谁荣"之叹⑧。

素琴之作，当须君归；明镜之鉴，当待君还。未奉光仪，则宝钗不设也⑨；未侍帷帐，则芳香不发也⑩。

【注　释】

①既惠令音：惠，惠赐。令音，美好的言语。

②非望：犹言未曾期望。

③鄙陋：自谦之词。

④孰肯若斯：谁肯这样呢？

⑤敕：上命下之辞，犹言"命令"。

⑥过矣：错了。

⑦昔诗人有"飞蓬"之感：《诗·卫风·伯兮》："自伯之东，首如飞蓬。"意谓丈夫远出，就懒得梳妆以致头发如蓬草。

⑧班婕妤有"谁荣"之叹：婕妤为汉时后妃名号。班婕妤（前48～2年）为班固的祖姑姑，西汉成帝初即位时入宫立为婕妤，后来赵飞燕姐妹得宠，她害怕时间长了会有危险，就请求亲自供养皇太后。曾作《自悼赋》，有"君不御兮谁为荣"之叹。

⑨"未奉光仪"句：光仪：对人的仪表的敬称。这里说如果不是丈夫你站在面前，那么宝钗绝不戴在头上。

⑩"未侍帷帐"句：如果不是侍奉你于床榻之上，那么好香绝不使用。

与辜端①书

（东汉）孔 融

【题 解】

孔融（153～208 年），字文举，鲁国鲁县（今山东曲阜）人，东汉文学家，建安七子之一。

这封信是孔融写给友人辜端的，信的前部分列举并肯定了友人两个儿子的才德，下文又用"抑其父而扬其子"的方法，对他们尽力赞美。对友称赞其子，如果太正经就显得有些奉承阿谀，"不意双珠，近出老蚌"，在调侃中蕴含羡慕，使这种夸赞亲切、随便而又诚恳，语言优雅诙谐。

【原 文】

前日元将来，渊才亮茂，雅度弘毅，伟世之器也②。昨日仲将又来，懿性贞实，文敏笃诚③，保家之主也。不意双珠④，近出老蚌！甚珍贵之。

【注　释】

①辜端：东汉末年名士。信中的"元将"、"仲将"均为辜端之子名。

②渊才亮茂：指学识渊博，德才兼备。雅度：度量宽宏。伟世之器：世上杰出的人才。

③懿性贞实：天性美好而坚贞。文敏笃诚：文思敏捷，为人笃实诚恳。

④双珠：两颗珍珠。因珍珠是蚌壳内分泌物的结晶，这里比喻儿子的出色是父母辛苦培养的结果。

三国时期

杂 帖

（魏）钟 繇

【题　解】

钟繇（151～230年），字元常，颍川长社（今河南许昌长葛东）人。三国时期曹魏著名书法家、政治家，与东汉的张芝被合称为"钟张"，与东晋书法家王羲之并称为"钟王"。

这封短牍主要是为安慰精神愁闷的友人而作。由鸟听乐而高翔、鱼闻乐却逃避，得出"所爱有殊，所乐乃异"的道理，将落脚点放在"审己而恕物"的生活态度。这篇短牍不足百字，但说理层层深入，一环紧扣一环，有着朴素的唯物主义思想，堪称绝妙之作。

【原　文】

繇白：昨疏还示，知忧虞复深，遂积疾苦，何乃尔耶①？盖张乐于洞庭之野，鸟值而高翔，鱼闻而深潜②。岂丝磬之响、云英③之奏非耶？此所爱有殊，所乐乃异。君能审己而恕物，则常无所结滞矣④。钟繇白。

【注　释】

①忧虞：忧虑。何乃尔耶：何至于到这种地步呢？尔，代词，指代前句中的"遂积疾苦"。

②"张乐"句：语出《庄子·天运篇》："帝张咸池之乐于洞庭之野。"张：放置，陈设。值：遇到。此处指听到音乐。

③云英：神话中的仙女名字。

④审己：自我反省。恕物：宽容地对待其他事物。结滞：积聚在心头的愁绪。

与钟繇谢玉玦书

（魏）曹　丕

【题　解】

　　曹丕（187～226年），字子桓，沛国谯县（今安徽亳州）人。曹操与卞夫人的长子，三国时期著名的政治家、文学家，曹魏的开国皇帝，与其父曹操、弟曹植并称"三曹"。

　　这是曹丕还是太子的时候对老臣钟繇献来美玉而表示感谢的信。信中先用大篇幅写玉如何被昔日的权贵看重，如何被诗人赞美，如何使帝王亡国，如何使大臣抗节。此后笔锋一转，叙述得闻美玦的过程，说自己"不烦一介之使，不损连城之值"，就能观赏到您的"希世之宝"，顿时"笑与抃俱"，表述夸张却不失真诚，字词间流露出他的感谢之情。

【原　文】

　　丕白。良玉比德君子，珪璋见美诗人。晋之垂棘，鲁之玙璠，宋之结绿，楚之和璞，价越万金①，贵重都城，有称畴昔②，流声将来。是以垂棘出晋，虞、虢双禽③；和璧入秦，相如抗节④。窃见《玉书》，称美玉白若截肪，黑譬纯漆，赤拟鸡冠，黄侔蒸栗⑤。侧闻斯语，未睹厥状。虽德非君子，义无诗人，高山景行⑥，私所仰慕。然四宝邈焉已远，秦、汉未闻有良比也。是以求之旷年，不遇厥真，私愿不果，饥渴未副。

近见南阳宗惠叔称君侯昔有美玦，闻之惊喜，笑与抃俱⑦。当自白书，恐传言未审，是以令舍弟子建因荀仲茂时从容喻鄙旨⑧。乃尔忽遗，厚见周称⑨，邺骑既到，宝玦初至，捧匣跪发，五内震骇，绳穷匣开，烂然满目。猥以矇鄙之姿，得睹希世之宝⑩，不烦一介之使，不损连城之值，既有秦昭章台之观，而无蔺生诡夺之诳。

嘉贶益腆，敢不钦承⑪！谨奉赋一篇，以赞扬丽质。丕白。

【注　释】

①垂棘、玙璠、结绿、和璞：均为美玉名。越：超出，超过。

②畴昔：往昔，以前。

③"垂棘出晋"二句：《左传·僖公二年》载：晋国以垂棘美玉收买虞国国君，借虞国的道路侵略虢国，后来把这两个国家都灭掉了。禽：通"擒"。

④"和璧"二句：《史记·廉颇蔺相如列传》载：赵惠文王时，得到了一块和氏璧。秦昭王知道后，让人写信给赵王说愿以十五座城换和氏璧。于是，赵王命蔺相如奉璧入秦，见秦王并无意以十五座城易之，于是便以璧有瑕玼指给秦王看之际，将其夺了过来，并倚柱而立，怒发冲冠。后让人将璧送回了赵国。

⑤《玉书》：已失传。截肪：在腰部割下来的脂肪。侔：相等，齐。

⑥"高山景行"：语出《诗经·小雅》："高山仰止，景行行止。"这里借指对美玉的仰慕之情。

⑦南阳：郡名，在今河南南阳。君侯：对元老重臣的尊称。玦：古玉

器名，半环形有缺口的佩玉。抃：鼓掌，表示欢喜。

⑧当：正当，正准备。未审：未经推究和分析。子建：曹植的字。荀仲茂：魏太子文学掾。鄙旨：谦词，指自己的意见。

⑨乃尔：竟然如此。遗：给予，馈赠，赠送。厚见周称：承蒙厚爱，对我经常称赞。

⑩矇鄙：愚昧鄙陋。猥：谦词，犹言辱，指自降身份。希世之宝：世所稀有的珍宝。

⑪嘉贶益腆：嘉贶，精美的礼物。这里犹言礼物丰厚。敢不钦承：怎敢不敬纳。

与吴质①书

（魏）曹 丕

【题 解】

这封信是曹丕写给友人吴质的，当时作者在孟津小城，吴质则出任朝歌令。信的开头感叹友情不易和对友人的思念之情。接着追忆昔日同游的场景，往日的记忆也历历在目，友人却一个个远走，感伤之情油然而生。这封信作为魏晋时期的散文名篇，文采焕然，情意深切。

【原 文】

五月二十八日，丕白。季重无恙！途路虽局，官守有限，愿言之怀，良不可任②。足下所治僻左③，书问致简，益用增劳。

每念昔日南皮④之游，诚不可忘！既妙思六经，逍遥百氏，弹棋闲设，终以博奕⑤。高谈娱心，哀筝顺耳。驰骛北场，旅食南馆。浮甘瓜于清泉，沉朱李于寒水。白日既匿⑥，继以朗月，同乘并载，以游后园。舆轮徐动，宾从无声，清风夜起，悲笳微吟。乐往哀来，怆然伤怀！余顾而言，斯乐难常，足下之徒，咸以为然。今果分别，各在一方。元瑜长逝，化为异物，每一念至，何时可言！

方今蕤宾纪时，景风扇物⑦，天气和暖，众果具繁。时驾而游，北遵河曲⑧，从者鸣笳以启路，文学托乘于后车。节同时异，物是人非，我劳如何！今遣骑到邺，故使枉道相过⑨。行矣自爱！丕白。

【注　释】

①吴质（177～230年）：字季重，兖州济阴（今山东菏泽定陶）人，三国时期著名文学家，是辅佐曹丕登基的谋士。

②局：近。官守有限：被自己的职务所限制。任：担当，忍耐，能承受。

③僻左：偏僻的处所。

④南皮：今河北省沧州市南皮县。距离吴质的家乡比较近。

⑤六经：即《诗》、《书》、《礼》、《乐》、《易》、《春秋》，是儒家经典著作。百氏：指经书以外的诸子百家。弹棋：古代的一种游戏器具。博奕：中国古代的一种游戏，是展现古人智慧和运筹的重要方式。

⑥匿：隐藏。

⑦蕤（ruí）宾：古代乐律分为十二律，古人又将十二律代指十二个月，"蕤宾"为十二律中的第七律。景风：夏天的风。

⑧河曲：古地名，在今山西省永济市境。黄河由北而南，至此折向东。

⑨邺：古县名，故址在今河北省临漳县西南。曹操曾定都于此。枉道相过：绕道相访。过，从某地经过，这里指拜访、探望。

与王郎书①

（魏）曹　丕

【题　解】

这封写给王郎的信中，通过写建安二十二年盛行的瘟疫，以及在这场瘟疫中相继离世的文士，表达了对脆弱生命的忧思，但这又激起了他积极进取，力求扬名以求不朽的决心，让他更加努力地去著书立说，从中可以看到很多积极的意义。

【原　文】

生有七尺之形，死唯一棺之土。唯立德扬名，可以不朽；其次莫如著篇籍②。

疫疠（lì）数起③，士人凋落④，余独何人，能全其寿？故论撰所著《典论》、诗赋盖百余篇⑤，集诸儒于肃城门内⑥，讲论大义，侃侃无倦⑦。

【注　释】

①王朗：字景兴，汉末官大理寺丞，入魏官至司空，封乐平乡侯。

②著篇籍：著书立说。

③疫疠数起：建安二十二年（217）瘟疫盛行，许多有名的士人在这场瘟疫中丧命，如建安七子中的徐幹、刘桢、陈琳等。

④凋落：零落。

⑤《典论》：曹丕所著的论文集，凡五卷，今仅存《论文》一篇完文，其余皆散佚。

⑥肃城：洛阳城门名。

⑦侃侃：说话从容不迫的样子。

诫子书

（魏）王　修

【题　解】

　　王修，字叔治，北海郡营陵（今山东昌乐县）人。中国三国时期魏国人。为人正直，抑强扶弱，赏罚分明，官至大司农郎中令，后病死在任上。

　　这封《诫子书》表现了王修"严父"与"慈父"的特点。前两段写自从儿子离家后，自己老是惶惶不安。从学习必须"不爱尺璧而爱寸阴"，到修养应"效高人远节"，再到为人的"左右不可不慎"，最后交代言行举止，琐碎絮叨。结尾几句又说："父欲令子善，唯不能杀身，其余无惜也。"读罢，一位即"慈"又"严"的父亲形象跃然纸上。

【原　文】

　　自汝行之后，恨恨①不乐，何哉？我实老矣，所恃②汝等也，皆不在目前，意遑遑③也。

　　人之居世，忽去便过。日月可爱也！故禹不爱尺璧而爱寸阴^④。时过^⑤不可还，若^⑥年大不可少也。欲汝早之，未必读书，并学作人。汝今逾郡县，越山河，离兄弟，去妻子者，欲令见举动之宜^⑦，效高人远节，闻一得三，志在"善人"^⑧。左右^⑨不可不慎，善否之要，在此际^⑩也。行止与人，务在饶^⑪之。言思乃出，行详乃动^⑫，皆用^⑬情实道理，违斯败矣^⑭。

父欲令子善，唯不能杀身^⑮，其余无惜也。

【注　释】

①恨恨：抱恨不已的样子。

②恃：依赖，依靠。

③遑遑：匆忙，焦虑不安的样子。

④禹：大禹，传说中夏后氏部落的首领。为天下治水曾"三过家门而不入"。《晋书·陶侃传》："大禹圣人，乃惜尺阴，至于众人，当惜分阴。"尺璧：尺寸较大的美玉，直径约一尺长。

⑤过：过去，逝去。

⑥若：你。

⑦见举动之宜：见习一下那些得体的举止。

⑧志在"善人"：立志成为"善人"。

⑨左右：身边的人。

⑩际：中间。

⑪饶：宽容。

⑫"言思"二句：说话之前务必要三思，行动之前则要详加考虑周全。

⑬用：因为。

⑭违斯败矣：违背了这些道理一定会失败。

⑮"唯不能杀身"二句：父亲若想使儿子向善成才，除了不愿儿子殒命以外，任何严格的要求都在所不惜。

答韩文宪书

（魏）应 璩

【题 解】

应璩（190～252 年），字休琏，汝南（今河南项城南）人，应场之弟，三国人曹魏文学家。

这封信是作者写给友人韩文宪的，韩文宪四十岁时想求学，但信心不足，于是作者给他写了这封鼓励信。他先是通过举例，后又说只要能废寝忘食，就一定会学有所成。

【原 文】

昔公孙宏皓首入学①，颜涿聚五十始涉师门②。朝闻道夕殒③，圣人所贵。

足下之年，甫在不惑④，如以学艺，何晚之有？若能上迫南容忘食之乐⑤，下踵宁子黑夜之勤⑥，穷文尽义，无微不综，规富贵之荣⑦，取金紫之爵⑧，是夏侯胜拾芥之谓也⑨。

【注 释】

①公孙宏：字季。四十余岁始学《春秋》，汉武帝时官至丞相。

②颜涿聚：春秋末期人，《吕览·尊师》载："颜涿聚，梁父之大盗也，学于孔子。"

③"朝闻"二句：《论语·里仁》载：子曰"朝闻道，夕死可矣。"殒：死亡。

④甫：刚刚，才。不惑：指四十岁。

⑤迨：及，达到。南容：即南容括，为孔子弟子。

⑥踵：追随。宁子：宁越，战国时人。《吕览·博志》："宁越苦耕稼稼之劳，谓其友曰：'何为而可以免此苦也？'其友曰：'莫如学。学三十岁则可以达矣。'宁越曰：'请以十五岁，人将休吾不敢休，人将卧吾不敢卧。'"

⑦规：谋求。

⑧金紫：秦汉时丞相所佩的金印紫绶，这里代指爵位。

⑨夏侯胜：字长公，西汉人。他说过"士病不明经术。经术苟明，其取青紫，如俯拾地芥耳。"

诫子书

（蜀）诸葛亮

【题　解】

诸葛亮（181～234 年），字孔明，号卧龙，中国历史上著名的政治家、军事家、发明家，琅琊阳都（今山东临沂沂南）人。早年隐居隆中，后经刘备三顾茅庐选择出仕，跟随刘备，被封为武乡侯，死后追谥忠武侯。

本篇家书意在说明"静以修身，俭以养德"、"淡泊以明志，宁静以致远"的道理。也就是说，在学习过程中，必须心境宁静淡泊，节俭朴素，修身养德，静心寡欲才能掌握学习的要领。

【原　文】

夫君子之行，静以修身，俭以养德①。非淡泊无以明志②，非宁静无以致远③。夫学，欲静也；才，须学也。非学无以广才，非静无以成学。慆慢④则不能研精，险躁则不能理性⑤。

年与时驰，意与日去，遂成枯落⑥，多不接世⑦，悲守穷庐⑧，将复何及！

【注　释】

①静：指专注而沉稳的精神状态。修身：努力提高自己的道德修养水平，使自己的人格得以完善。俭以养德：以朴素节俭来培养自己的品德。

②非淡泊无以明志：不看淡眼前的名利就不能明确自己的志向。明，显明，此处引申为明确。

③非宁静无以致远：如果不能以全神贯注的精神状态学习就不能实现远大的志向。

④惰慢：漫不经心，怠慢。惰，喜悦。

⑤险躁：冒险急躁，心境险恶躁动。理性：陶冶性情。

⑥枯落：大而无当，老而无用。

⑦不接世：脱离时代的主流。

⑧穷庐：贫者居舍。

诫外甥

（蜀）诸葛亮

【题　解】

这封信是诸葛亮写给外甥的，也是自己人生感悟的总结。信中告诫外甥做人要立志高远，拒绝杂念纷扰，否则最后只会被埋没在平庸凡俗之中。简短的文字，深远的意境，发人深省，值得学习和借鉴。

【原　文】

夫志当存高远，慕先贤，绝情欲，弃凝滞①，使庶几之志②，揭然有所存，恻然有所感③。忍屈伸，去细碎④，广咨问，除嫌吝⑤，虽有淹留⑥，何损于美趣⑦？何患于不济⑧？

若志不强毅⑨，意不慷慨，徒碌碌滞于俗，默默束于情⑩，永窜伏于凡庸⑪，不免于下流矣⑫。

【注　释】

①凝滞：指郁结在心中的杂念。

②庶几之志：先贤的志向。

③"揭然有所存"二句：使远大的志向树立起来，并不断地用它激励自己。揭然：显然，明显的样子。恻然：备受触动的样子。

④细碎：琐碎烦人的杂念。

⑤嫌吝：嫉妒、吝啬。

⑥淹留：羁留，这里引申为才德不显于世。

⑦美趣：高雅的志趣。

⑧不济：无法成功。

⑨强毅：刚强坚韧。

⑩情：这里指俗情。

⑪"窜伏"句：淹没在平凡庸碌之辈中。

⑫下流：指才德品行低劣的一类人。

与弟书

(吴)虞 翻

【题　解】

虞翻（164～233 年），字仲翔，会稽余姚（今浙江省余姚）人。三国时吴经学家。

这封信中作者从为儿求妇一事中表现了反对门第之说，在那个崇尚门第的时代，有这样的思想也是极为不易的，值得学习和借鉴。

【原　文】

长子容，当为求妇。其父如此，谁肯嫁之者？造求卜姓①，足使生子。天其福人，不在旧疾。扬雄之才②，非出孔氏；芝草无根，醴泉无源③，家圣受禅，父嚚母顽④，虞家世法出痴子。

【注　释】

①造：古代祈祷的祭名。卜：占卜。

②扬雄：字子云，西汉文学家、思想家。

③芝草：菌类，生长于朽木之上，古人认为食之可长生不老。醴泉：在今陕西麟游县。醴：甜酒。醴泉指泉水甜似酒。

④"家圣"二句：指虞舜接受唐尧禅位为帝，但其父母却是愚顽之民。嚚：浮躁。家圣：虞舜与作者同姓，故名。

晋代

与赵王伦^①笺

（西晋）陆　机

【题　解】

陆机（261～303 年），字士衡，吴郡吴县华亭（今上海松江）人。西晋文学家，后人有"其诗若排沙见金，往往见宝"的评价。

这是陆机写给赵王伦的一封举荐信，意在向赵王伦推荐自己的朋友戴若思。文中先提君臣关系，后写戴若思的品德与才能，最后寄希望于赵王伦的赏识和重用，主旨明确，用意深远。

【原　文】

盖闻繁弱登御，然后高墉之功显^②；孤竹在肆，然后降神之曲成^③。是以高世之主，必假远迩之器^④；蕴匮之才，思托大音之和^⑤。

伏见处士广陵戴若思，年三十，清冲履道，德量允塞^⑥。思理足以研幽，才鉴足以辨物^⑦。安贫乐志，无风尘之慕^⑧；砥节立行，有井渫之洁^⑨。诚东南之遗宝，宰相之奇璞也。

　　若得托迹康衢，则能结轨骥骇^⑩；曜质庙廊，必能垂光玙璠矣^⑪！惟明公垂神采察^⑫，不使忠允之言，以人而废。

【注　释】

　　①赵王伦（？～301 年）：即司马伦，字子彝，晋宣帝司马懿第九子，司马昭之弟，先被封为琅琊郡王，后改封为赵王，西晋八王之乱中的八王之一。

　　②"盖闻"二句：听说只有使用繁弱这样的良弓之后，高城的作用方可显示出来。繁弱：良弓名。

　　③"孤竹"二句：孤竹只有放在工匠的作坊被做成笛箫以后，才能奏出迎神的乐曲。肆：手工作坊。

　　④高世之主：英明的君主。假：凭借，这里引申为任用。远迩之器：四面八方有才能的人。

　　⑤蕴匮之才：未被发掘出来的人才。蕴，藏。匮，柜子。大音：乐声洪亮，此处代指君主。

　　⑥处士：隐居不仕的人。清冲履道：清静冲和，遵循正道。德量允塞：品德和器量兼具的人。

　　⑦思理足以研幽：思路明晰，逻辑缜密，可以探讨比较深奥的学问。才鉴：鉴别能力。辨物：分辨物理。

　　⑧无风尘之慕：不贪羡世俗的荣华富贵。

　　⑨砥节立行：磨砺节操，完善德行。井渫：没有污秽渣滓的井水。

　　⑩康衢：大道。结轨骥骇：与骏马并驾齐驱。结轨，车轨相连。骥骇，良马名。

　　⑪庙廊：指朝廷。玙璠：两种美玉。

　　⑫垂神采察：特意留心进行了一番考察。

与杨彦明书

（西晋）陆　云

【题　解】

陆云（262～303年）字士龙，吴郡吴县华亭（今上海松江）人，陆机胞弟，文学家。

这封写给杨彦明的信中，作者表达了对时光飞逝、人生短暂的感叹。在表达感叹的同时也表现了作者对时光的珍惜和对生活的热爱之情。

【原　文】

陆云曰：省示累纸^①，重存往会^②，益以增叹。

年时可喜，何速之甚！昔年少时，见五十公^③去此甚远，今日冉冉已近之矣。耳顺之年^④，行^⑤复为忧叹也。柯生而多悦，乐春未厌^⑥；秋风行戒^⑦，已悲落叶矣。

人道多故，欢乐恒乏，遨游此世，当复几时？各尔永隔，良会每阑，怀想亲爱^⑧，寤寐无忘！书无所悉。

【注　释】

①省示累纸：反省和审视以往的几次来信。

②重存往会：往日聚会的场景又浮现在脑海中。

③五十公：五十岁的老人。

④耳顺之年：指六十岁时。《论语·为政》："六十而耳顺。"

⑤行：将要。

⑥"柯生"二句：树上生出新枝使人倍感喜悦，在春天嬉戏，从不知满足。柯：树枝。厌：通"餍"，饱；满足。

⑦戒：警戒。

⑧阑：通"拦"，阻拦，阻隔。亲爱：指关系亲密的朋友或亲人。

与谢万①书

(东晋) 王羲之

【题 解】

王羲之 (303~361 年),字逸少,琅琊临沂 (今山东临沂)
人,后迁居山阴 (今浙江绍兴),曾官至会稽内史、右军将军,
世称"王右军"。东晋时期著名书法家,有"书圣"之称,主要
代表作为《兰亭集序》。

东晋时期,玄风大盛,王羲之受其影响。这封信是他写给谢
万的,表达了他在出世与入世之间潇洒飘逸的状态。

【原 文】

古之辞世②者,或被发佯狂,或污身秽迹③,可谓艰矣。今
仆坐而获免,遂其宿心,其为庆幸,岂非天赐! 违天不祥④。

顷东游还,修植桑果,今盛敷荣⑤。率诸子,抱弱孙,游观
其间。有一味之甘,割而分之,以娱目前。虽植德无殊邈⑥,犹
欲教养子孙以敦厚退让。或以轻薄⑦,庶令举策数马,仿佛"万
石"之风⑧。君谓此何如?

　　比当与安石东游山海⑨，并行田尽地利⑩。颐养闲暇，衣食之余，欲与亲知时共欢宴。虽不能兴言高咏，衔杯引满，语田里所行，故以为抚掌之资⑪，其为得意，可胜言耶⑫！常依陆贾、班嗣、杨王孙之处世⑬，甚欲希风数子⑭，老夫志愿尽于此也。君察此当有二言不？真所谓贤者志于大，不肖志其小。无缘见君，故悉心而言，以当一面。

【注　释】

　　①谢万（320～361 年），字万石，陈郡阳夏（今河南太康）人，谢安的弟弟，345 年为会稽王抚军大将军司马昱序从事中郎、吏部郎，故而又称"中郎"。

　　②辞世：避世。

　　③"或被发"二句：春秋时期楚国伍子胥，因父兄被楚平王杀害，遂投奔吴国。《吴越春秋》载："子胥之吴，仍被发佯狂，跣足涂面，行乞于市。"

　　④违天不祥：违背天意就会遭受不幸。

　　⑤今盛敷荣：如今鲜花已经盛开。

　　⑥虽植德无殊邈：虽然我的德行并无特别之处。

　　⑦或以轻薄：有人认为我为人轻浮凉薄。

　　⑧"庶令"二句：庶令：希望。举策数马：西汉石奋之子石庆为汉武帝驾车，武帝问："车中几马。"庆用马鞭数马毕，举手说："六马。"其为人恭谨如此。"万石"：石奋及其四个儿子均官至二千石，汉景帝称为"万石君"。

　　⑨比：近日。当：将。安石：谢万之兄，字安石。

　　⑩行田：对田产进行巡视。

　　⑪抚掌：拍掌，这里引申为"笑谈"。

　　⑫胜言：尽言。

⑬陆贾：西汉初人，曾追随刘邦平定天下，官至太中大夫。著有《新语》十二篇。班嗣：历史学家班固的祖父，好老庄之学。杨王孙：西汉人，嗜黄老之术。

⑭"甚欲"句：对上面几个人的文采风流极为神往和羡慕。

杂帖三则

(东晋) 王献之

【题 解】

王献之 (344～386 年)，字子敬，小名官奴，王羲之第七子。东晋书法家、诗人，官至中书令。与父并称"二王"。

这里所选的三幅杂帖，谈及友情、山水、疾病，文字虽不过寥寥数行，但生动展示了作者的性格与情趣，洒脱中又见淡远，意味深长。

【原 文】

杂帖一

相过①终无复日，凄切在心，未尝暂拨②。一日临坐，目想胜风③，但有感恸，当复如何？常谓人之相得，古今洞④尽此处，殆无限于怀，但痛神理与此而穷耳。尽此感深，殆无冥处⑤。常恨。况相遇之难，而乖⑥其所同。省告，不觉沪流⑦。即已往矣，亦复何言！献之。

杂帖二

镜湖澄澈⑧，清流泻注，山川之美，使人应接不暇。

杂帖三

薄冷，足下沉痼，已经岁月，岂宜能此寒耶？人生禀气⑨，各有攸处，想示消息。

【注　释】

①相过：互相拜访。过：拜访，过往。

②暂拨：暂时的解脱。

③胜风：形容风度卓越超群。

④洞：洞悉，看穿。

⑤冥处：幽深的地方。

⑥乖：违背，背离。

⑦浐流：比喻泪水纵横直流。浐，浐河，在今陕西省。

⑧镜湖：又名鉴湖，在今浙江省绍兴市。澄澈：湖水清澈见底。

⑨禀气：人所具有的禀赋和气质。

与子俨等疏

（东晋）陶渊明

【题　解】

陶渊明（约 365～427 年），字元亮，私谥"靖节"，东晋浔阳柴桑（今江西九江）人。东晋末期南朝宋初期诗人、文学家、辞赋家。作为中国第一位田园诗人，他的诗多描绘自然风景及田园风光，语言质朴精练，为古典诗歌开辟了新的境界。

这封信是陶渊明写给儿子们的，信中他先向后代说明自己的个性、追求，以及自己面临死亡时坦然自若的态度，并描述了所向往的人生境界：身心自由，放达自适。还提到自己因"不为五斗米折腰"而导致处境艰难，但希望得到儿子们的体谅和理解。接着告诫儿子们在以后的日子里要彼此真诚相待，相互扶持。诗人在儿子们面前敞开心扉，以平实的言辞，将真挚深沉的感情表达出来。

【原　文】

告俨、俟、份、佚、佟①：天地赋命②，生必有死。自古圣贤，谁能独免。子夏③有言曰："死生有命，富贵在天。"四友之人④，亲受音旨⑤，发斯谈⑥者，将非穷达不可妄求⑦，寿夭永无外请故耶？

吾年过五十，少而穷苦，每以家弊，东西游走。性刚才拙，与物多忤⑧。自量为已，必贻俗患⑨。僶俛辞世⑩，使汝等幼而饥寒。余尝感孺仲贤妻之言，败絮自拥，何惭儿子⑪。此既一事矣。但恨邻靡二仲⑫，室无莱妇⑬，抱兹苦心，良独内愧。

少学琴书，偶爱闲静，开卷有得，便欣然忘食。见树木交荫，时鸟变声，亦复欢然有喜。常言：五六月中，北窗下卧，遇凉风暂至，自谓是羲皇上人⑭。意浅识罕，谓斯言可保；日月遂往，机巧好疏⑮。缅求在昔⑯，眇然如何！疾患以来，渐就衰损。亲旧不遗，每以药石见救，自恐大分将有限也⑰。

汝辈稚小家贫，每役柴水之劳，何时可免？念之在心，若何可言！然汝等虽不同生⑱，当思四海皆兄弟之义。鲍叔、管仲，分财无猜⑲；归生、伍举，班荆道旧⑳。遂能以败为成㉑，因丧立功㉒。他人尚尔，况同父之人哉？颍川韩元长，汉末名士，身处卿佐，八十而终，兄弟同居，至于没齿㉓。济北汜稚春㉔，晋时操行人也，七世同财，家人无怨色。《诗》曰："高山仰止，景行行止㉕。"虽不能尔，至心尚之㉖。汝其慎哉！吾复何言。

【注　释】

①俨、俟、份、佚、佟：陶渊明五个儿子的名字。

②赋命：赋予生命。

③子夏：即卜商，为孔子的弟子。

④四友：指孔门弟子颜回、子贡、子路、子张四人。

⑤亲受音旨：亲身受过孔子的言传身教。

⑥斯谈：指上面"死生有命"两句。

⑦将非：岂非，岂不是。

⑧与物多忤：和世人的意见不合。忤，违逆，不和。

⑨"自量"句：自己估计如果这样下去，必定要招来世俗的祸患。

⑩俛俛：同黾勉，勉力的意思。辞世：避世隐居。

⑪孺仲：王霸，东汉人，字孺仲。《列女传》记载，王霸看到友人的儿子容服光彩，自己的儿子却蓬发破衣，觉得惭愧。他妻子对他说：既然立志不仕，躬耕自养，则儿子们蓬发破衣是当然的事，你怎么忘了自己的志向而为儿子惭愧呢？败絮自拥：盖着破被子。

⑫邻靡二仲：汉蒋诩，字元卿，以廉直名，王莽执政，告病返乡。归隐后屏绝交游，只与邻居羊仲、求仲二人往来，时人称为二仲。靡，无。

⑬莱妇：老莱子的妻子。老莱子，春秋时楚国人，隐居不仕，鲁哀公六年（前489），孔子应昭王之邀来楚，会见老莱子，请教如何辅助国君。据说，楚王请他为官，其妻劝说后未出仕。

⑭羲皇上人：羲皇，传说中的上古帝王伏羲氏。羲皇上人指上古时代的人。

⑮机巧好疏：机遇容易流失。

⑯缅：远。在昔：往日。

⑰大分：天数，指寿命。

⑱不同生：不是一母所生。

⑲"鲍叔"二句：管仲，战国时齐人，与鲍叔友善。管仲贫困时曾与鲍叔经商，分财时自取多利，鲍叔因为知道他家贫，不认为他贪婪。

⑳"归生"二句：归生，春秋时蔡人。伍举：春秋时楚人。他们两人是朋友。后伍举奔郑，将至晋，在路上遇到归生，二人当即铺荆条在地上谈起旧来。班荆：在地上铺列荆草之类，以便于坐。

㉑以败为成：管仲先辅佐公子纠，鲍叔辅佐齐桓公；后公子纠败，管仲被囚，鲍叔荐之于齐桓公，以为宰相。管仲曾说："生我者父母，知我者鲍叔也。"

㉒因丧立功：《左传·昭公元年》记伍举佐楚公子围出使郑国，未出境，公子围闻王有疾而还，杀死楚王而代之。后伍举对郑即不称"寡大夫围"而称"共王之子围为长"，为维护公子围的地位立下了功劳。伍举，楚国大夫伍参之子，伍奢之父，伍员（即伍子胥）之祖父。

㉓"颍川"句：颍川：今河南禹县。韩元长：名融，汉献帝初平年间任大鸿胪。没齿：犹言至死不忘。

㉔济北：今山东荏平县。氾稚春：名毓，西晋人，少有高名，安于贫贱，清静自守。事见《晋书·儒林传》。

㉕"高山"二句：《诗经·小雅》中的二句诗。仰：仰望。景行：大道。意思是说：仰望高山，走着大道。

㉖"至心"句：真诚地崇敬他们。之：前面所列举的人。

南北朝

戒昭明太子①书

（梁）萧　衍

【题　解】

萧衍（464～549年），南兰陵中都里（今江苏常州）人。即梁武帝，南朝梁的开国皇帝。

这封写给爱子昭明太子的信中，寥寥数语却生动表现了一位帝王的温情之处，从而展现了一位舐犊情深的父亲形象。

【原　文】

闻汝所进过少，转羸弱。我比②更无余病，为汝胸中亦圮③甚，应加饘粥④，不使我恒悬⑤。

【注　释】

①昭明太子：即萧统，字德施，梁武帝长子，未即位而卒，谥昭明。

②比：最近，近来。

③圮：塌坏。这里引申为情绪低落。

④饘粥：稀饭。

⑤恒悬：心里一直担心牵念。

答谢中书①书

（梁）陶弘景

【题　解】

陶弘景（452～536 年），字通明，号华阳隐居，丹阳秣陵（今江苏南京）人，中国齐梁时期的道教思想家、医学家、文学家。梁武帝早年便认识陶弘景，即位后经常与他商讨朝廷大事，人称"山中宰相"。陶弘景一生著书颇多，其文章主要谈论道教和医学，其中一些短札具有较高的文学价值。

这封书信是陶弘景写给朋友谢中书的，是六朝山水小品名篇，表现了作者对自然美细腻的感受力。全文以清丽的语言，描绘了幽静秀丽的山川景色，表达了作者沉醉山水的愉悦之情与归隐山林的高洁志向。

【原　文】

山川之美，古今共谈。高峰入云，清流见底。两岸石壁，五色交辉；青林翠竹，四时俱备。晓雾将歇，猿鸟乱鸣；夕日欲颓，沉鳞竞跃。实是欲界之仙都②！自康乐以来，未复有能与其奇者③。

传世励志经典

【注　释】

①谢中书：谢徵（500～536年），字元度，陈郡阳夏（今河南太康）人，曾为中书鸿胪，故称谢中书。

②实是欲界之仙都：这的确是人间仙境。欲界，佛家所谓三界之一，有七情六欲的凡俗之人所居之地，即人间。

③"自康乐以来"两句：自谢灵运以后，就再也没有能够欣赏如此奇山妙水之景的人了。康乐，谢灵运（385～433年），袭封康乐公。与，参与。

与学生书

（梁）萧 绎

【题 解】

萧绎（508～554年），即梁元帝，字世诚，自号金楼子，梁武帝萧衍第七子，萧纲之弟。

这封短牍意在向学生阐明这样一个道理：只有刻苦努力的学习，才能有所作为。借"汉人流麦"和"晋人聚萤"的典故，强调了专注而用心苦读的重要性。这种精神至今仍值得借鉴和学习。

【原 文】

吾闻斫玉为器，谕乎知道①；惟山出泉，譬乎从学。是以执射执御，虽圣犹然②；为弓为箕，不无以矣③。抑又闻曰：汉人流麦，晋人聚萤④。安有挟册读书，不觉风雨已至；朗月章奏，不知爝火为微⑤，所以然者，良有以夫！

可久可大，莫过乎学。求之于己，道在则尊。

【注　释】

①斫：砍，削。谕：比喻。

②"是以"二句：执，执掌。射、御，射箭、驾车。圣，指孔子。犹然，也是这样。这里指圣人也是要通过学习才能获得技艺。

③"为弓"二句：《礼记·学记》："良弓之子，必学为箕。"箕，簸箕，柳条编制而成。不无以矣，不是没有原因的。

④汉人流麦：东汉高凤酷爱读书，一天，妻子在院子里晒麦子，突然天降暴雨，高凤读书如故，以致院子里的麦被水冲走了。晋人聚萤：晋人车胤好读书，但家贫买不起油，于是夏夜常常收集萤火虫放在练囊中借以照书。

⑤爝火：指小火。

送橘启

（梁）刘　峻

【题　解】

刘峻（462～521 年），字孝标，平原（今山东德州平原县）人。本名法武，周岁丧父。南朝梁学者兼文学家。著有《世说新语注》。

这封信是作者送柑橘给友人时写的信，信中将橘子的产生以及特点描写得极为细致，虽仅有六十余字，却将其特性全部概括了，从中体现了作者对生活的感悟。作为一个生活中的有心人，能将平凡琐事表达得这么有诗意，这种生活态度也是值得人们学习的。

【原　文】

南中橙甘，青鸟所食①。始霜之旦，采之风味照坐，劈之香雾噀人②。皮薄而味珍，脉不粘肤，食不留滓；甘逾萍实，冷亚冰壶③。可以熏神，可以芼鲜，可以渍蜜④。甛乡之果⑤，宁有此耶？

【注　释】

①南中：南方，指湖北宜昌一带。青鸟：神话传说中西王母的使者，有三足，负责为西王母取食。《伊尹书》载："果之美者，箕山之东，青鸟之所，有卢橘夏熟。"

②始霜之旦：刚下了霜的清晨。照坐：形容新采摘的橘子形色俱美，让满座生辉。坐，通"座"。嚱：喷。

③萍：即苹果。冷亚冰壶：意思是橙甘感觉像冰壶一样清凉。

④熏神：使神清气爽。渍：浸泡，淹泡。

⑤毡乡：指北朝统治地区。毡，指古代游牧民族居住的毡制帐篷。

与宋元思①书

（梁）吴　均

【题　解】

　　吴均（469～520年），字叔庠，吴兴故彰（今浙江安吉）人，南朝梁时期的文学家、史学家。他在当时的文坛上很有影响，当时人仿效他的文体，称"吴均体"。

　　这是吴均写给他的朋友宋元思的信。信中描写了作者乘舟从富阳至桐庐途中的所见所闻，生动再现了途中的山水美景，言之有物，情景交融，首开骈文记游的先河，堪称六朝山水小品的精品佳作。

【原　文】

　　风烟俱净，天山共色；从流飘荡，任意东西。自富阳至桐庐一百许里②，奇山异水，天下独绝！

　　水皆缥碧③，千丈见底；游鱼细石，直视无碍。急湍甚箭，猛浪若奔④。夹嶂高山，皆生寒树，负势竞上，互相轩邈⑤。争高直指，千百成峰。泉水激石，泠（líng）泠作响⑥；好鸟相鸣，嘤嘤成韵。蝉则千啭不穷，猿则百叫无绝。鸢飞戾天者，望峰息心⑦；经纶世务者，窥谷忘返⑧。横柯上蔽，在昼犹昏；疏条交映，有时见日。

【注　释】

①宋元思：也作朱元思，生平不详。黎经诰《六朝文絜笺注》："'宋'，一作'朱'，非。案宋元思，字玉山。刘峻有《与宋玉山元思书》。"

②"自富阳"句：富阳：今浙江省富阳市。桐庐：今浙江省桐庐县。两县相隔百余里，均在富春江边。许：指约计的数量。

③缥碧：青苍色。

④"急湍"二句：湍：水流急。甚箭：比离弦的箭还快。奔：指奔马。意思是说：急流快过飞箭，大浪势如奔马。

⑤"负势"二句：负势：借助山势。互相轩邈：相互争高比远。轩，高。邈，远。

⑥泠泠：流水声。

⑦"鸢飞"二句：想青云直上者，望见如此高峻的峰峦，定能收敛自己的贪婪之心。鸢：鹰类猛禽。

⑧"经纶"二句：整天忙于世情事务者，见了这幽邃的山谷也会流连忘返。经纶：原指整理丝缕，这里引申为筹划、治理。

唐代

与韩荆州①书

（唐）李 白

【题 解】

李白（701～762 年），字太白，号青莲居士，唐朝伟大的浪漫主义诗人，被后人誉为"诗仙"。

这是一封写给韩荆州的自荐信，信中主要是表达对韩荆州的赞扬和崇敬之情，介绍自己的品德和才识。文采飞扬，气势雄壮，将其坦荡磊落的性情表露无遗，同时也能从中看出他"天生我才必有用"的自信心，值得后人学习。

【原 文】

白闻天下谈士相聚而言曰："生不用封万户侯，但愿一识韩荆州。"何令人之景慕，一至于此耶！岂不以有周公之风，躬吐握之事，使海内豪俊，奔走而归之，一登龙门，则声价十倍。所以龙蟠凤逸②之士，皆欲收名定价于君侯。愿君侯不以富贵而骄之，寒贱而忽之，则三千之中有毛遂，使白得颖脱而出，即其人焉。

白，陇西布衣，流落楚、汉。十五好剑术，遍干诸侯；三十成文章，历抵卿相。虽长不满七尺，而心雄万夫。皆王公大人许与气义。此畴曩心迹，安敢不尽于君侯哉！

君侯制作侔神明，德行动天地，笔参造化，学究天人。幸愿开张心颜，不以长揖见拒。必若接之以高宴，纵之以清谈，请日试万言，倚马可待③。今天下以君侯为文章之司命，人物之权衡，一经品题，便作佳士。而君侯何惜阶前盈尺之地，不使白扬眉吐气，激昂青云耶？

昔王子师为豫州，未下车，即辟荀慈明；既下车，又辟孔文举。山涛作冀州，甄拔三十余人，或为侍中、尚书，先代所美。而君侯亦荐一严协律，入为秘书郎；中间崔宗之、房习祖、黎昕、许莹之徒，或以才名见知，或以清白见赏。白每观其衔恩抚躬，忠义奋发，以此感激，知君侯推赤心于诸贤腹中，所以不归他人，而愿委身国士。傥急难有用，敢效微躯。

且人非尧舜，谁能尽善？白谟猷④筹画，安能自矜？至于制作，积成卷轴，则欲尘秽视听。恐雕虫小技，不舍大人。若赐观刍荛⑤，请给纸墨，兼之书人。然后退扫闲轩，缮写呈上。庶青萍、结绿，长价于薛、卞之门。幸惟下流，大开奖饰，惟君侯图之。

【注　释】

①韩荆州：即韩朝宗，唐代的政治人物，因喜欢奖掖提拔人才而闻名。

②龙蟠凤逸：比喻很有才能却得不到赏识。

③倚马可待：指靠在即将出发的战马前快速起草文件。这里指写文章顷刻即成。

④谟猷：计划，谋略。

⑤刍荛：犹言割草砍柴。这里代指草野之人，是自谦之词。

守政①帖

（唐）颜真卿

【题　解】

颜真卿（708～784 年），字清臣，京兆万年（今陕西西安）人，祖籍琅琊临沂（今山东临沂），开元二十二年（734）进士，登甲科。家学渊博，五世祖颜之推为北齐学者。他是中国卓越的书法家，书风浑厚刚健，庄严大度。他创立"颜体"楷书，与柳公权并称"颜柳"。

颜真卿为人刚正不阿，为官清正廉洁，他不阿于权贵，有正义感，故而常遭谗害和排挤。这封赴被贬之地前的告子弟书，字数不多，但却表现了他那"明若日月而坚若金石"的高尚品质。

【原　文】

政可守，不可不守。

吾去岁中言事得罪②，又不能逆道苟时③，为千古罪人也。虽贬居远方，终身不耻④，汝曹⑤当须会吾之志，不可不守也！

【注　释】

①守政：尽忠职守。

②去岁：去年。言事得罪：因上书言事而被降罪。

③逆道苟时：为迎合时俗违背道义。

④不耻：不以为耻。

⑤汝曹：你们。

应科目时与人书

（唐）韩 愈

【题　解】

这封信写于贞元九年（793），作者意欲借此信来宣传自己，扩大影响。全文气势磅礴，比喻形象生动，巧妙地把自己内心的想法表达了出来。

【原　文】

日月，愈再拜：天池①之滨，大江之濆，曰有怪物焉，盖非常鳞凡介之品汇匹俦也②。其得水，变化风雨、上下于天不难也；其不及水，盖寻常尺寸之间耳，无高山、大陵、旷途、绝险为之关隔也。然其穷涸不能自致乎水，为猨獭之笑者③，盖十八九矣④。如有力者，哀其穷⑤而运转之，盖一举手、一投足之劳也。然是物也，负其异于众也，且曰："烂死于泥沙，吾宁乐之；若俯首贴耳，摇尾而乞怜者，非我之志也。"是以有力者遇之，熟视之若无睹也。其死其生，固不可知也。今又有有力者当其前矣，聊试仰首一鸣号焉。庸讵知有力者不哀其穷，而忘一举手一投足之劳，而转之清波乎？其哀之，命也；其不哀之，命也；知其在命而且号鸣之者，亦命也。

愈今者实有类于是，是以忘其疏愚之罪，而有是说焉。阁下其亦怜察也！

【注　释】

①天池：南海。《庄子·逍遥游》："南冥者，天池也。"传言南海是由造化天然形成，故名。

②常鳞凡介：水中平常的鳞甲龟壳一类的东西。品汇匹俦：指同一类的东西。

③獭：小水獭。

④盖十八九矣：大约十之八九吧。

⑤穷：穷困窘迫。

为人求荐书

（唐）韩 愈

【题 解】

韩愈（768～824 年），字退之，河南河阳（今河南孟州）人。唐代文学家、哲学家和思想家。

这封韩愈的求荐书中，他把自己比作千里马和栋梁，而将公卿大夫比作伯乐和石匠，意向明显。在封建社会中，因为缺少公平竞争的机会，很多有志之人会被埋没，只有抓住机遇方有实现抱负的可能。文中比喻生动，气势充沛，将作者内心的渴望表达得淋漓尽致。

【原 文】

某闻木在山，马在肆①，遇之而不顾者，虽日累千万人，未为不材与下乘也②。及至匠石过之而不睨③，伯乐遇之而不顾④，然后知其非栋梁之材，超逸之足也⑤。

以某为公之宇下非一日⑥，而又辱居姻娅之后⑦，是生于匠石之园，长于伯乐之厩者也。于是而不得知⑧，假有见知者，千万人亦何足云！

今幸赖天子每岁诏公卿大夫贡士，若某等比⑨，咸得以荐闻。是以冒进其说，以累于执事⑩，变不自量己。然执事其知某如何哉？昔人有鬻，马不售于市者，知伯乐之善相也，从而求之；伯乐一顾，价增三倍。某与某事颇相类，是故终始言之耳⑪。某再拜。

【注　释】

①肆：店铺，市场。

②下乘：下等马、劣马。

③匠石：石匠。睨：目光斜视。

④伯乐：善相马者，这里引申为善于发现人才的人。

⑤超逸之足：指骏马。

⑥宇下：房檐下。

⑦姻娅：一作"姻亚"，指有婚姻关系的亲戚。

⑧是：指示代词，此。于是：在此，在这儿。

⑨若某等比：和我一样的人。等比：同类。

⑩执事：古代侍从左右供使令的人。旧时书信中用以称呼对方，意思是不敢直陈对方，所以向执事者陈述，表示尊敬。

⑪终始：反反复复。

山中与裴迪秀才①书

（唐）王　维

【题　解】

王维（701～761年），字摩诘，河东蒲州（今山西永济）人。盛唐诗人，人称"诗佛""天下文宗"。

这是王维写给诗人裴迪的一封信，二人作为志趣相合、患难与共的朋友，交往密切。全文描写了蓝田辋川的景色，动中有静，静中有动，将冬夜的幽深用月色、水波、寒山以及明灭的灯火表现出来；接下来便是王维对朋友的诚恳邀约，希望来年春天朋友能够前来再聚首。诗人以优美的语言兼具画家的眼光，将一幅美景呈现在人眼前，灵动自然，给人以无限的遐想。

【原　文】

近腊月下②，景气和畅，故山殊可过③。足下方温经④，猥不敢相烦⑤，辄便往山中，憩感配寺，与山僧饭讫而去。北涉玄灞⑥，清月映廓，夜登华子冈⑦，辋水沦涟，与月上下⑧。寒山远火，明灭林外；深巷寒犬，吠声如豹；村墟夜春，复与疏钟相间⑨。此时独坐，僮仆静默，多思曩昔携手赋诗⑩，步仄径，临清流也。

当待春中，草木蔓发，春山可望⑪，轻鲦出水⑫，白鸥矫翼，露湿青皋⑬，麦垅朝雉⑭：斯之不远，傥能从我游乎⑮？非子天机清妙者⑯，岂能以此不急之务相邀？然是中有深趣矣，无忽！因驮黄糵人往⑰，不一。山中人王维白⑱。

【注 释】

①裴迪：盛唐山水诗人，河东（今山西）人，王维的诗友，与王维多有唱和。秀才：唐宋年间凡应举者皆称秀才（明清则称入府州县学生员为秀才）。

②下：末尾。

③故山：旧居的山，指辋川山中，王维在此有别墅。过：访问，游赏。

④温经：温习经书。

⑤猥：仓促之间。

⑥玄灞：漏水。

⑦华子冈：辋川胜景之一。

⑧与月上下：月影随水波或上或下。

⑨村墟：村子。舂：捣米。疏钟：钟声稀疏。

⑩曩昔：往昔。

⑪可望：可以观赏。

⑫轻鲦：轻捷畅游的白鲦鱼。

⑬矫：举。青皋：长着青草的水边陆地。

⑭朝雉：清晨野鸡的叫声。

⑮斯之不远：这个时间已经不远了。傥：同"倘"，或者，含有商量的意味。

⑯天机：天性。清妙：清远妙悟。

⑰"因驮"句：因有运黄糵的人出山，托他给你捎了这封信。

⑱山中人：古代称隐士为"山人"或"山中人"，此处王维以隐士自居。

宋代

上吕相公书

(北宋) 范仲淹

【题　解】

范仲淹（989～1052 年），字希文，世称"范文正公"，北宋著名的文学家、政治家、军事家、思想家。他为人耿介正直，为政清廉，刚正不阿，力主锐意改革，屡次得罪人，因而数度被贬。

这封信中作者详尽地述说了自己因忠直而招来世俗之怨，同时也表达了自己至死不悔的初衷，以及不改本性的坚定信念。全文言辞恳切，字里行间洋溢着坦荡磊落的浩然之气。

【原　文】

伏蒙台慈叠赐钧翰①，而褒许之意，重如金石，不任荣惧！不任荣惧！窃念仲淹草莱经生②，服习古训，所学者惟修身治民而已。一日登朝，辄不知忌讳，效贾生恸哭太息③之说，为报国安危之计。而朝廷方属太平，不喜生事，仲淹于搢绅中独如妖言，情既龃龉④，词乃睽戾⑤，至有忤天子大臣之威。赖至仁之朝，不下狱以死，而天下指之为狂士。然则忤之之情无他焉，正如陆龟蒙⑥《怪松图赞》谓草木之性，其本不怪，乘阳而生。小已遏⑦，不伸不直，而大丑彰于形质，天下指之为怪木，岂天性之然哉？今擢处方面，非朝廷委曲照临，则败辱久矣。昔郭汾阳与李临淮有隙⑧，不交二言；及讨禄山⑨之乱，则执手泣别，勉以忠义，终平剧盗，实二公之力。今相公有汾阳之心之言，仲淹无临淮之才之力，夙夜尽瘁，恐不副朝廷委之之意。重负泰山，未知所释之地，不任惶恐战栗之极。不宣。仲淹惶恐再拜。

【注　释】

①钧翰：这里代指书信。

②草莱经生：出身卑微的读书人。

③贾生恸哭太息：汉代贾谊因遭谗毁，被贬为长沙王太傅，赴任时路过湖南汨罗屈原投江处，感慨万分，乃作《吊屈原赋》以哭悼屈原这位身世与自己类似的古人。后又做梁怀王太傅，怀王堕马死，贾谊"自伤为傅无状，哭泣岁余，亦死"。

④龃龉：抵触。

⑤暌戾：乖离不合。暌，分隔，分离。

⑥陆龟蒙：字鲁望，姑苏（今江苏苏州）人，唐代著名诗人、农学家、藏书家。

⑦遏：压制，抑制。

⑧郭汾阳：指唐代著名大将军郭子仪。郭平息安史之乱有功，被封为汾阳（今山西汾阳）王。李临淮：指唐代大将军李光弼。李在平息安史之乱时与郭子仪齐名。隙：矛盾、隔阂。

⑨禄山：指安禄山。唐玄宗时，安禄山任平庐范阳河东三镇节度使。天宝十四年冬在范阳起兵叛乱，先后攻陷洛阳、长安。至德二年春，为其子安庆绪所杀。

与滕待制①

（北宋）欧阳修

【题　解】

欧阳修（1007～1072 年），字永叔，号醉翁、六一居士，吉州吉水（今江西）人。北宋文学家、史学家、政治家。

这封信写于滕子京在贬官岳州后，建了岳阳南湖紫荆堤等堤坝，完工后欲请欧阳修撰写碑文，但因客观环境的原因，欧阳修借故推辞了，这封信言辞婉转，表达了对滕子京的赞扬，同时也流露了作者的进取之心和对老朋友的怀念。

【原　文】

某顿首：自夷陵之贬②，获见于江宁，逮今③十年。而执事④谪守湖滨，某亦再逐淮上⑤，音尘⑥靡接，会遇无期，则人事之多端，劳生之自困，可为叹息，何所胜言⑦！急步⑧忽来，惠音见及。伏承求恤民瘼⑨，宣布诏条，去宿弊以便人，兴无穷之长利。非独见哲人明达之量，不以进退为心⑩，而窃喜远方凋瘵之民⑪，获被恺悌之化⑫。示及新堤之作⑬，俾⑭之纪次其学。旧学荒芜、文思衰落，既无曩昔少壮之心气⑮，而有祸患难测之忧虞⑯，是以言涩意窘，不足尽载君子规模闳远之志，而无以称岳人所欲称扬歌颂之勤⑰。勉强不能，以副来意，愧悚愧悚⑱！秋序方杪⑲，洞庭早寒，严召未问，千万自重。

【注　释】

①滕待制：即滕宗谅（990～1047年），字子京，河南洛阳人。庆历四年，被贬岳州。曾重修过岳阳楼，范仲淹作《岳阳楼记》曾叙及他，岳阳楼的双公祠中有此二人的雕像。

②夷陵之贬：北宋景祐年间，范仲淹被贬饶州，欧阳修为之抱不平，因而获罪贬至夷陵（今湖北宜昌）做县令。

③逮今：距今，至今。

④执事：旧时书信中用以称指对方的敬词。

⑤再逐淮上：庆历五年后，欧阳修被贬至黄淮流域的滁州、额州一带。

⑥音尘：音信，消息。

⑦胜言：尽言。

⑧急步：代指送信者。

⑨求恤民瘼：请体恤民生疾苦。瘼，疾苦。

⑩不以进退为心：意为不因官位升降而动心。

⑪凋瘵之民：窘迫困苦的老百姓。

⑫获被恺悌之化：意为获得仁政的教化。恺悌，"和乐"之意，引申为仁政。

⑬新堤之作：滕子京贬守岳州时，兴修水利，沿湖筑堤，新堤落成，建碑记之。碑成，滕曾致信欧阳修撰文以志修堤之事。

⑭俾：使。

⑮曩昔：往昔，从前。

⑯忧虞：忧思。

⑰"无以"句：意为无法满足岳州老百姓想称颂这件事的强烈期望。

⑱愧悚：惭愧、惶恐。

⑲杪：原指树梢，这里引申指季节时序的末尾。

答李资深书

（北宋）王安石

【题　解】

王安石（1021～1086 年），字介甫，号半山，谥文，封荆国公，临川盐阜岭（今江西抚州临川）人。北宋时期著名政治家、文学家、思想家，"唐宋八大家"之一。神宗熙宁年间，王安石任宰相，他以"天变不足畏，祖宗不足法，人言不足恤"的精神推动改革，推行一系列旨在富国强兵的新法，但遭到了保守派势力的激烈反对。

在这封王安石写给守旧派人物李资深的信中，他强调了两种思想观念的不同，一种是接受天下事物的变化，另一种则是拒绝。从侧面反映了他主张坚持改革与推行新法的意志，读来娓娓动人，深入人心。

【原　文】

某启：辱书勤勤教我以义命之说①，此乃足下忠爱于故旧②，不忍捐弃而欲诱之以善也。不敢忘！不敢忘！

虽然，天下之变故多矣！而古之君子辞受取舍之方③不一，彼皆内得于己，有以待物，而非有待乎物者也④。非有待乎物，故其迹时若可疑，有以待物，故其心未尝有悔也。若是者，岂以夫世之毁誉者概其心哉⑤！若某者，不足以望此，然私有志焉。顾非与足下久相从而熟讲⑥之，不足以尽也。

多病无聊，未知何时得复晤语。书不能一一，千万自爱。

【注　释】

①勤勤：殷勤，诚恳。义命之说：儒家思想中关于知义守命的理论和学说。

②故旧：老朋友。

③辞受取舍之方：这里指为人处世方面的取舍之道。

④“彼皆内得于己”三句：意为古人总是先想好应付外界事物的变化的办法，而不是等到客观事物变化了再想办法。

⑤“若是者”两句：意思是说像这样，难道还以世俗之人的好坏评价来判别自己的观念的正误吗？概，衡量、评价。

⑥顾：只不过。熟讲：详细、深刻地讲。

与吴司录议王逢源婚事书①

（北宋）王安石

【题　解】

　　这封信是王安石写给自己亲属讨论婚嫁事宜的，信中表现了王安石的婚姻观念，他认为婚姻不应过于计较门第，同时也写出了王令的才学和品德，并劝说妻兄吴司录答应这门婚事。言辞之间，尽显大家风范，将一位旷古完人的形象展现给了读者。

【原　文】

　　某启。新正②伏惟二舅都曹尊体动止万福！向曾上状，不审③得达左右否？王令秀才见在江阴聚学④，文学智识与性行诚是豪杰之士。或传其所为过当，皆不足信。某此深察其所为，大抵只是守节安贫耳。近日人从之学者甚众，亦不至绝贫之；况其家口寡，亦易为赡足。虽然不应举，以某计之，今应举者未必及第，未必不困穷，更请斟酌。此人但恐久远非终困穷者也。虽终困穷，其畜妻子⑤当亦不至失所也。渠⑥却望二舅有信来，决知亲事终如何。幸一赐报也。

尚寒，伏乞善保尊重。

【注　释】

①吴司录：王安石妻兄。王逢源，即王令（1032～1059 年），原籍元城（今河北大名），北宋诗人，曾在天长、高邮等地以教学为生。

②新正：新年正月。

③审：知道。

④聚学：聚徒讲学。

⑤畜妻子：供养妻子儿女。

⑥渠：他。

谢曹秀才书

（北宋）曾　巩

【题　解】

　　曾巩（1019～1083 年），字子固，建昌南丰（今江西抚州）人，世称"南丰先生"。曾致尧之孙，曾易占之子。嘉祐二年（1057）进士，北宋时期文学家，"唐宋八大家"之一。

　　这是一封写给曹秀才、方造、孟起三人的辞谢信。因为这三人应试不中，便致信想请曾巩为他们讲学。但因事务繁忙，无力顾及，曾巩便回了这封信。他在信中鼓励这三人要努力自学，让学业进步。

【原　文】

　　巩顿首，曹君茂才①足下：嗟乎！世之好恶不同也。始足下试于有司②，巩为封弥官③，得足下与方造、孟起之文而读之，以谓谊在高选④；及来取号，而三人者皆无姓名，于是怃然⑤自悔许与之妄。既而推之，特世之好恶不同耳；巩之许与，岂果为妄哉！

今得足下书，不以解名失得置于心，而汲汲以相从讲学为事，其博观于书而见于文字者，又过于巩向时之所与甚盛。足下家居无事，可以优游以进其业，自力而不已，则其进孰能御哉？

世之好恶之不同，足下固已能不置于心，顾⑥巩适自被召，不得与足下久相从学，此情之所眷眷⑦也。用此为谢，不宣。

【注 释】

①茂才：即秀才。后汉时为避光武帝刘秀之讳，曾改为茂才。

②有司：指官吏。此处指考官。

③封弥官：官名，是科举考试中负责密封试题的官员。科举考试为了防止舞弊，考过的试卷收起后要封住考生的姓名，另行编号。

④谊在高选：适合选在靠前的名次。

⑤怃然：失意的样子。

⑥顾：但是。

⑦眷眷：依依不舍的样子。

与李公择^①

（北宋）苏 轼

【题 解】

苏轼（1037～1101 年），字子瞻，和仲，号"东坡居士"，眉州（四川眉山）人。北宋时期著名文学家、书画家、豪放派词人主要代表之一，"唐宋八大家"之一。

这是苏轼写给老朋友李公择的一封短信，主要谈论养生之道。作者先以自己的生活经验为例，得出了一个道理，即要想拥有健康的身体，应当"安心调气"，"节食少欲"，再进行一些体力劳动的工作。言辞恳切真挚，情思浓厚。

【原 文】

某再拜。谕养生之法，虽壮年好访问此术，更何所得。然比年^②流落瘴地，苦无他疾，似亦得其力耳。大约安心调气，节食少欲，思过半矣，余不足言。某见在^③东坡，作陂种稻，劳苦之中，亦自有乐事。有屋五间，果菜十数畦，桑百余本^④，身耕妻蚕，聊以卒岁也。

【注　释】

①李公择：字元中，今安徽省桐城市人，北宋元祐间进士，善书法绘画。

②比年：连续几年。

③见在：现在。

④本：株。

与程秀才

(北宋) 苏　轼

【题　解】

这是苏轼写给朋友程秀才的一封劝慰信。因为程秀才痛失爱子，十分悲伤，所以苏轼便以设身处地，推己及人的方法，以自己遭遇痛苦时积极面对的乐观情绪去感染朋友。这种安慰人的方法很巧妙，也能产生一定良好的效果。

【原　文】

某启：去岁僧舍屡会，当时不知为乐；今者海外，岂复梦见聚散忧乐，如反覆手，幸而此身尚健。

得来讯，喜侍奉清安，知有爱子之戚①，襁褓泡幻②，不须深留恋也。仆离惠州③后，大儿④房下亦失一男孙，悲怆久之，今则已矣！

此间⑤食无肉，病无药，居无屋，出无友，冬无炭，夏无寒泉……然亦未易悉数⑥，大率皆无尔。惟有一幸，无甚瘴⑦也。近与小儿子结茅数椽居之⑧，仅庇风雨，然劳费亦不赀⑨矣。赖十数学生助工作，躬泥水之役，愧之不可言也。尚有此身，付与造物⑩，听其运转，流行坎止⑪，无不可者。故人⑫知之，免忧。

乍热，万万自爱！不宣。

【注　释】

①爱子之戚：指失去心爱的子女。戚，悲伤。

②褓襁泡幻：指幼儿夭折。褓襁，婴儿的被子。泡幻，形容婴儿很快死去。

③惠州：在今广东省境内，苏轼曾贬官至此。

④大儿：指苏轼的长子苏迈。

⑤此间：指琼州，即今海南一带。

⑥未易悉数：不能一一都说出来。这里指琼州苦处说不完。

⑦瘴：瘴气，南方山林中的有毒气体，常因湿热而导致人生病。

⑧"近与小儿子"句：最近与小儿子一起用几根圆木条搭上茅草做成屋子住在里头。小儿子，指苏轼的幼子苏过。苏轼贬官多处，苏过一直跟随其父。椽，放在檩上架着屋顶的圆木条。

⑨赀：计算。

⑩造物：造化，指天地自然。

⑪流行坎止：指命运的变化。坎止，因受阻而停滞。

⑫故人：老朋友。此处指程天侔。

与秦少游^①

（北宋）苏 轼

【题　解】

　　秦观是苏轼的学生，在诗词等方面的才能深得苏轼赏识。这封信写于秦观乡试落榜之时，从中可以看出苏轼真切的关怀与问候，写作自然流畅，不事雕饰，显示出了一位亦师亦友之人的仁爱之心。

【原　文】

　　别后数辱书，既冗懒，且无便，不一裁答^②，愧悚之至。参寥至，颇闻动止^③为慰。然见解榜^④，不见太虚名字，甚惋叹也。此不足为太虚损益，但吊有司之不幸^⑤尔。即日起居何如？参寥真可人，太虚所与知^⑥，不妄矣。何如复见？临纸惘惘，惟万万自爱而已。

【注　释】

　　①秦少游（1049～1100 年），即秦观，字太虚，又字少游，号淮海居

士，北宋中后期著名词人，高邮（今江苏高邮）人，官至太学博士，国史馆编修。

②裁答：回信的意思。

③参寥：宋代诗僧道潜的别号。动止：行为举止。

④解榜：解元榜，科举考试选出解元后张布的名榜。

⑤吊：悲伤。不幸：指考官没有录取秦观，是其不幸。

⑥可人：有很多优点值得人欣赏。所与知：即与之结为知己。

与王子予书

（北宋）黄庭坚

【题　解】

　　黄庭坚（1045～1105 年），字鲁直，号山谷道人，分宁（今江西修水）人，北宋后期诗人、书法家，江西诗派的代表人物之一。

　　这封信将作者对读书方法的见解作了精辟的阐述。他认为读书必须刻苦和专心，并且要勤于动脑进行思考和揣摩，要经常在温习旧知识时再获得新知识。文中所用的比喻形象生动，说理也透彻，值得学习。

【原　文】

　　比来不审读书何似？想以道义敌纷华之兵，战胜久矣①。古人有言："并敌一向，千里杀将。"②旧要须心地收汗马之功，读书乃有味③；弃书策而游息，书味犹在胸中，久之乃见古人用心处。如此则尽心于一两书，其余如破竹节，皆迎刃而解也，古人尝喻植杨。盖杨，天下易生之木也，倒植之而生，横植之而生。十人植之，一人拔之，虽千日之功皆弃④。此最善喻！

顾衰老终无益于高明，子予以为如何？

【注　释】

①"想以"二句：指在读书过程中要以道义克服私心杂念。

②"并敌"二句：语出《孙子·九地篇》。是指只要集中兵力，就能把千里之外的敌将杀死。这里比喻读书时要专心致志，才能克服困难。

③"要须"二句：这里指只有刻苦读书，才可以有相应的收获。汗马之功，形容战斗生活异常艰苦。这里用来比喻读书刻苦。

④"盖杨"七句：《战国策·魏策》："惠子曰，'今夫杨，横树之则生，倒树之则生，折而树之又生。然使十人树杨，一人拔之，则无生杨矣。'"

答王子飞书

（北宋）黄庭坚

【题　解】

在这封写给王子飞的信里，黄庭坚主要对陈师道的诗文创作主张以及读书的方法加以赞扬。陈师道提倡刚劲质朴的风格，反对柔弱华靡的诗风，这一点主张与黄庭坚相同。此信无论语言还是用典，都达到了理想的效果，从中可以收获很多有关读书以及诗文创作的知识。

【原　文】

陈履常正字①，天下士也。读书如禹之治水，知天下之络脉，有开有塞，而至于九川涤原②，四海会同者也。其作诗渊源，得老杜③句法，今之诗人，不能当④也！至于作文，深知古人之关键；其论事，救首救尾，如常山之蛇⑤，时辈未见其比。

公有意于学者，不可不往扫斯人之门⑥。古人云："读书十年，不如一诣习主簿。"⑦端有此理。

若见，为问讯，千万！

【注　释】

①陈履常正字：陈履常，即宋代著名文学家陈师道（1053～1102 年）。正字，官名，掌管校书之事。

②九川涤原：语出《尚书·禹贡》。原，同"源"。涤原即疏通水源。

③老杜：指唐代诗人杜甫。

④当：相当，相匹敌。

⑤常山之蛇：《孙子·九地》："故善用兵，譬如率然。率然者，常山之蛇也，击其首则尾至，击其尾则首至，击其中则首尾俱至。"这里用来指陈师道的文章能首尾呼应。

⑥往扫斯人之门：《史记·齐悼魏王世家》载，西汉魏勃欲见齐相曹参，每天早上和晚上都拿着扫帚在齐相的舍人门下打扫，终于感动了曹参，乃被召见。

⑦"读书"两句：《晋书·习凿齿传》中桓温有云："三十年看儒书，不如一诣习主簿。"诣，到，往，此作拜访讲。习主簿指晋代著名学者习凿齿，曾为桓温的主簿。主簿，指古代各级主官属下掌管文书的佐吏。

与明远书

(南宋) 陆　游

【题　解】

陆游 (1125～1210 年)，字务观，号放翁，越州山阴 (今浙江绍兴) 人。南宋著名诗人。陆游是我国古代的多产诗人，现遗存九千多首诗。同时，他长于书翰，对行草和楷书也有独到之处。

在这篇书信中，陆游记述了明远赠送卿禅师遗墨的事，同时表达了自己对其作品的相见恨晚之感，并清楚地交代了写给明远的文字、图轴，语气真挚，文风坦荡，但又严谨。

【原　文】

游顿首：间阔顷叩甚至①！忽奉手帖，欣重。秋雨，尊候轻安②。卿禅师遗墨甚妙，恨见之晚。辄题数行，不足称发扬③之意。皇恐！得暇见过，不宣。奉简明远老友文字共四轴，又五册，纳去。五派图④四轴，数日前已就付来人去矣。游按。

【注　释】

①间阔：阔别。顷叩甚至：即十分想念。

②轻安：身体健康。

③发扬：提倡。

④五派图：画名。

与长子受之

（南宋）朱　熹

【题　解】

　　朱熹（1130～1200年），字元晦，号晦庵、晦翁、考亭先生、云谷老人、逆翁。江南东路徽州府婺源县（今江西省婺源）人。南宋著名的理学家、思想家、哲学家、教育家、诗人。曾提出"存天理，灭人欲"的理学思想。

　　这封信是朱熹写给儿子的，信中作者以"勤、谨"二字着眼，告诫儿子一定要勤学、勤问、勤思、谨起居、谨言谈、谨交友，敦厚忠信，见善思齐等。言辞语重心长，发人深省，引人深思。

【原　文】

　　大抵只是"勤"、"谨"二字，循之而上有无限好事，吾虽未敢言，而窃为汝愿之；反之而下有无限不好事，吾虽不欲言，而未免为汝忧之也。盖①汝若好学，在家足可读书作文、讲明义理，不待远离膝下、千里从师。汝既不能如此，即是自不好学，已无可望之理。然今遣汝者，恐汝在家汩于俗务，不得专意。又父子之间，不得昼夜督责，及无朋友闻见，故令汝一行。汝若到彼，能奋然有为，力改故习，一味勤谨，则吾犹有望。不然，则徒劳费，只与在家一般，他日归来，又只是旧时伎俩人物，不知汝将何面目归见父母、亲戚、乡党②、故旧耶？念之念之，"夙兴夜寐，无忝③尔所生。"在此一行，千万努力。

【注　释】

①盖：如果。

②乡党：家乡人。

③忝：辱没。

元
代

与廉宣抚

（元）许　衡

【题　解】

许衡（1209～1281 年），字仲平，号鲁斋，人称"鲁斋先生"，怀州河内（今河南沁阳）人，是我国元代百科全书式的通儒和学术大师。

这封信是写给将要来乡下看望自己的元朝官员廉宣抚的。在信中作者描述了自己告老归乡后的生活情景，写出了乡间淳朴的民风以及对廉宣抚的谢意。

【原　文】

别后南归，得守丘陇，殊适所愿！

老来情思，苦厌喧杂。课督儿童，种田读书，虽拙谋，心自喜幸，农夫野叟，日夕相遇，与之话言，固不尽晓，要其中无甚险阻，是可尚①矣。

远辱承寄，两枉书教，且承雅意，肯属乡间②。迁阔之为③，亦有同者，喜不能寐，伫俟好音，鄙人有幸，须得会合。切望！

切望！

【注　释】

①尚：注重、看重。

②肯属乡间：愿意关照我。属，亲近。乡间，作者告老还乡后以乡下人自居。

③迂阔之为：高于实际的行为。阔，本义为"疏也"，这里引申为宽广、博大之意。

答何友道书

（元）吴　澄

【题　解】

吴澄（1249～1333 年），字幼清，号草庐，抚州崇州（今江西崇仁）人。元代杰出的思想家、教育家、理学家。与经学大师许衡齐名，并称为"北许南吴"。

这封写给友人何友道的信中，作者通过列举齐王请孟子入仕而遭孟子拒绝的故事，婉言拒绝了何友道要他出仕元朝的请求。用词考究委婉，十分含蓄。

【原　文】

朋友中能文辞，可与商略①古今者，舍足下其谁？兹蒙惠书，累数百言，言皆有用之实，而非无益之谈；虽古人相勉相成之道，何以逾此！三复之余，什袭而藏之矣！

昔时子道齐王之意，俾孟子为诸大夫国人矜式，其意甚厚，而孟子亦岂不欲为此者哉，又岂不能为此者哉？而曰夫时子恶知其不可也。孟子言其不可而不言其所以不可，何欤？事固有未易言者，而非可以言相授受也。抑韩子②有云：知言之人，不言而其意已传。庸讵知③夫不言者之非深言之也耶！

　　足下知言者也，岂待言而后知；故于答足下之意，不以言而不言，惟高明亮之。不宣。

【注　释】

　　①商略：商量，讨论。

　　②韩子：指唐代文学家韩愈。

　　③庸讵知：怎么知道。庸、讵，都是表示反问的副词。

与友人书

（元）倪　瓒

【题　解】

倪瓒（1301～1374 年），字泰宇，后字元镇。号云林子、荆蛮民等。江苏无锡人。元代画家、诗人。著有《清闷阁集》。

这封写给友人的信中，作者口述了前一天与友人一起度过的美好时光，并请求友人送给自己一些蔬菜。全信看似平淡无奇，实则颇有意味。

【原　文】

昨日承蔬笋、不托①之供，获接清言永日。别后与元举、叔阳携琴过普渡精舍②，相与盘礴③林影水光中。而令子来，始知从者散步林墅桥；急遣一介④往候，则从者兴尽已返。

日来雷雨大作，想惟动静轻安。昨见樽俎间韭菜、蒿莱之属，秀色粲然。今日得雨，必是苗芽怒长，更佳也！况蒙许送，久伺不见至，戏作小诗促之，瓒顿首。

【注　释】

①不托：又作"馎饦"，一种汤面类食品。

②普渡精舍：寺名，在太湖附近。

③盘礴：漫步，徘徊。

④一介：佣人。

与介石书

（元）倪 瓒

【题 解】

这封写给友人的信中，作者描写了自己这些日子的大致行踪，将自己寄情山水的志趣表现得淋漓尽致，语言生动，富有感情。

【原 文】

瓒奉别后，从兰陵①东郭门外人家少憩三日，待荆溪②发行李来，即归田舍；到家稍稍休息，而州县科差迫促骚然，因叹那能复以愦愦从彼之榛榛③乎。因命扁舟入吴④，寓村落中，调气静坐，得以少抒其中磊磊⑤者。

一日，从一二林下人登灵岩山，览观天池、石壁之胜，寻姑胥台古迹，若司马子长、苏长公⑥悲世愤俗，有不胜其哀。后百世而不及见古人，则求古迹，观以自解。惜不肖非其人，回望太湖之西，诸山依约，指点数螺，若芥舟泛泛杯水中者，当是铜官、离墨⑦，因并吾寄止。公政著白云灭没处，杜门著书，降屈其心志，不能以道表见于当世，真为之泣下沾襟也！

闰月末暂还，系舟江渚旁。稍治夏衣，将复至吴，而过荆溪，附此上问。阴雨侵淫，不审何似，伏惟乐道间居，履候多福⑧。瓒招愆纳毁，岂非以由己致之耶！复何敢怨天尤人，常自疚耳。末由参侍，临书惘惘，千万慎交自爱。不备。

【注　释】

①兰陵：今江苏省境内。

②荆溪：县名，即今江苏省宜兴县。

③愦愦：忧虑。榛榛：本指草木芜杂。比喻内心不安。

④吴：指今苏州市。

⑤磊磊：比喻心中愁闷的样子。

⑥灵岩山：山名，在今苏州城西太湖边上。天池、石壁：都在灵岩山附近的华山上。姑胥台：台名，在华山附近的姑苏山上。司马子长、苏长公：指司马迁、苏轼。

⑦数螺：此指像螺壳一样的山。铜官、离墨：山名，即今宜兴县南的君山、国山。

⑧履候多福：古人书信用语，意思是一切都顺利。

明 代

寄张世文

（明）王守仁

【题　解】

王守仁（1472～1529 年），即王阳明，字伯安，余姚（今浙江宁波余姚）人，明代著名文学家、哲学家、思想家和军事家。

这是一封赠别门人的书信。作者在信中反复应用自己的"立志"说，认为人生的首要任务便是"立志"。强调"立志"要高远，要勇于攀登人生的高峰。

【原　文】

执谦枉问①之意甚盛，相与数月，无能为一字之益，乃今又将远别矣。愧负！愧负！

今时友朋美质不无，而有志者绝少；谓圣贤不复可冀②，所视以为准的者，不过建功名炫耀一时，以骇愚夫俗子之观听。呜呼！此身可以为尧舜，参天地③，而自期若此④，不亦可哀也乎？故区区于友朋中，每以"立志"为说，亦知往往有厌其烦者。然卒不能舍是而卒有所先。诚以学不立志，如植木无根，生意将无从发端矣。自古及今，有志而无成者则有之；未有无志而能有成者也。

远别无以为赠，复申其"立志"之说。贤者不以为迂，庶勤勤执谦枉问之盛心，不为虚矣。

【注　释】

①执谦枉问：指对方持谦虚的态度发问。有愧不敢当之意，是书信中常用的自谦之词。

②冀：希望，企求。

③参天地：精神可以在天地之间遨游。

④而自期若此：却把自己降为前面所说的那种人。

与吕调阳书

（明）海 瑞

【题 解】

海瑞（1514～1587 年），字汝贤，号刚峰，回族，琼山（今海南海口）人。明代著名政治家、历史学家，人称"海青天"。

这是海瑞写给大学士吕调阳的信，吕调阳当年主持会试，考生中有内阁首辅张居正的儿子。写这封信意在劝告吕调阳不可徇私舞弊，要公道主持，择优而取。字里行间皆显露了海瑞的刚正之气。

【原 文】

今年春公当会试①天下，琼公以公道自持，必不以私徇太岳②；想太岳亦以公道自守，必不以私干公道也。惟公亮之！

豫所③吕老先生。

【注 释】

①会试：金元明清四代科举考试名目之一，每三年在京城组织一次考

试。万历元年，吕调阳（1516～1580 年）任恩科文科主考官。

②太岳：即张居正（1525～1582 年），字叔大，号太岳。明湖广江陵（今湖北荆州）人。

③豫所：吕调阳的号。

示儿书

(明) 任 环

【题 解】

任环（1519～1558 年），字应乾，号复庵，山西长治人，抗倭英雄。

嘉靖三十二年（1553 年）倭寇入侵，时任督兵江阴的任环给儿子写的一封回信。因其子知他多处受伤，积劳数载，故请父亲回去养伤，但面对倭寇，任环不愿学楚囚对泣，而愿像苏轼一般，马革裹尸，让人从中领略到了他舍小家为大家的豪迈气概。

【原 文】

儿辈莫愁，人生自有定数，恶滋味尝些也有受用，苦海中未必不是极乐国也。读书孝亲，无遗父母之忧，便是常常聚首矣，何必一堂亲人？我儿千言万语，絮絮叨叨，只是教我回衙，何风云气少，儿女情多？倭贼①流毒，多少百姓不得安家，尔老子领兵，不能诛讨。啮毡裹革②，此其时也。安能作楚囚对尔等相泣闺阃③间耶？

此后时事不知如何，幸而承平，父子享太平之乐，期做好人。不幸而有意外之变，只有臣死忠，妻死节，子死孝，咬紧牙关，大家成就一个"是"而已④。汝母前可以此言告之，不必多话。四月廿四日太仓⑤城西伏书。

【注　释】

①倭贼：东亚海盗，明朝时经常骚扰我东南沿海。

②啮毡：汉武帝时，苏武出使匈奴，不接受单于胁降，被幽囚于大窖中。苏武啮雪吞毡，顽强生存。裹革：《后汉书·马援传》："马援云：'男儿要当死于边野，以马革裹尸还葬耳，何能卧床上在儿女子手中邪！'"

③楚囚：原指楚之被俘者，后泛指处境窘迫之人。闺闼：内室之门，代指内室。

④是：此处作死得其所解。

⑤太仓：今江苏太仓市，是当时抗倭前线。

训家人

（明）史桂芳

【题　解】

史桂芳，生卒年不详，字景实，号惺堂，江西郡阳人，明嘉靖年间进士。

这封家书以东晋陶侃运砖习劳的故事来告诫儿女，要将劳动看成培养品德和磨砺身心的重要途径，可见其语重心长、用心良苦。

【原　文】

陶侃运甓①，自谓习劳，盖有难以直语人者②。劳则善心生，养德、养身咸在焉③；逸则妄念生，丧德、丧身咸在焉。

吾命言儿、稽孙④，不外一"劳"字；言劳耕稼，稽劳书史，汝父子其图⑤之！

【注　释】

①陶侃运甓：陶侃（259～334 年），字士衡。东晋著名将领，是著名诗人陶渊明的曾祖父，曾出任荆州刺史，官至侍中、太尉、荆江二州刺

史、都督八州诸军事，封长沙公。运甓，运砖。

②难以直语人者：很难直接跟人说清楚的话。

③咸在焉：都在这里了。

④言儿、稽孙：言，其儿名；稽，其孙名。即史桂芳的儿子史言，孙子史稽。

⑤图：思考、考虑。

与曹大

（明）宋懋澄

【题　解】

宋懋澄（1570～1622 年），字幼清，号雅源，松江华亭（今上海松江）人。

这是作者写给曹大的一封短信，信中指出要想在某一方面或某一领域获得成功，必须要爱好它并且坚持不懈去学习和奋斗，并通过举例加以证明。

【原　文】

嗜古①则能文，尚趣则得诗，勤俭致富，专一取贵，伎②工于习，事成于勉③，不必天④也，孔氏指之曰"一"⑤，老氏究之曰"无"⑥，释氏体之曰"妄"⑦，道可悟矣。有不须学，不待悟，而独授之天者，愿与之同事焉。

【注　释】

①嗜古：爱好古代典籍。

②伎：同"技"，技巧，技艺。

③勉：尽力。

④不必天：不必解释为天性。

⑤一：哲学范畴，万物之本。

⑥无：哲学范畴，与"有"相对。

⑦妄：佛教用来描述人的欲念妄想的重要范畴。

示 儿

（明）支大纶

【题　解】

支大纶，生卒年不详，字心易，一字华平，嘉善（今属浙江）人。明万历二年（1574）进士，终于奉新知县。

这封写给儿子的信中，支大纶提出了五个"硬"字，即权贵门前腿硬，谏院之中嘴硬，写史要手硬敢写真话，自己遭人攻击要坚强，别人对自己进谗言不轻信。字里行间显示了一个有硬骨头的人物形象。

【原　文】

丈夫遇权门①须脚硬，在谏垣②须口硬，入史局③须手硬，值肤受之愬④须心硬，浸润之谮⑤须耳硬。

【注　释】

①权门：权贵豪门。

②谏垣：谏官的办公场所。

③史局：即史馆，掌管编修国史的机构。

④值肤受之愬：指当自己受到谗言陷害时。

⑤浸润之谮：指别人对自己进谗言诽谤他人时。

示 弟

（明）朱吾弼

【题　解】

朱吾弼，字谐卿，高安（今江西庐陵）人。万历十七年（1589）进士。

这封写给弟弟的信，主要强调了"为官"和"做人"的重要性，他以"将军对敌"来比喻"为官"，以"处子防身"来比喻"做人"，说明了为人处世须谨小慎微、洁身自好的道理。

【原　文】

一札寄弟，不暇长语。第谓做官，当如将军对敌；做人，当如处子防身。将军失机，则一败涂地；处子失节^①，则万事瓦裂。慎之哉！

【注　释】

①处子失节：处子，指未婚女子。失节，指失去贞操。

答　人

（明）袁宏道

【题　解】

袁宏道（1568～1610 年），字中郎，号石公，明朝湖广公安（今湖北公安）人，文学家，"公安派"代表人物，与其兄袁宗道、弟袁中道并称"三袁"。

这是一封鼓励信，信中体现了袁宏道虚怀若谷，提携后进者的大家风范，收信之人必将大受鼓舞。

【原　文】

走①不能书而有书癖，不能诗而有诗肠，不能酒而有酒态，故每遇书则观，遇诗则读，遇酒则流连深夜，亦复颓然。今足下所颁②，适中鄙人之嗜③，敢自外乎？《三都》之重，原不在皇甫公一叙，足下殆者，其将隐乎？当为足下传之。

【注　释】

①走：谦词，古人用以自称。

②足下所颁：您的作品。足下，对对方的敬称。

③鄙人之嗜：我的兴趣爱好。鄙人，对自己的谦称。

与陈眉公

（明）钟　惺

【题　解】

钟惺（1574～1624年），字伯敬，号退谷，湖广竟陵（今湖北天门）人。明代文学家。万历三十八年进士。

陈眉公即陈继儒，号眉公，是当时一位有影响的文人和书画家。这封短信描写了朋友之间的交往应当讲究机缘，只有适时的恰当的相逢和相识方可成为知音。

【原　文】

相见甚有奇缘，似恨其晚。然使前十年相见，恐识力各有未坚透①处，心目不能如是之相发②也。朋友相见，极是难事。鄙意又以为不患③不相见，患相见之无益耳。有益矣，岂犹恨其晚哉！

【注　释】

①坚透：深刻透彻。

②相发：相互启发。

③患：担忧，害怕。

与陈昌箕

（明）陈士奇

【题　解】

　　陈士奇，字弓甫，号平人，漳浦（今属福建）人，天启五年（1625 年）进士。

　　这篇短牍用精练的语言总结了作者读书中的两个方法，一是要精选，二是要广取，也就是说在读书中要用慧眼及时捕捉有用的信息，并且要善于积累和丰富自我。

【原　文】

　　读书眼欲黠①，如贾胡②，到处辄止③；心欲检，如惜福人④，饭间粒坠⑤，必拾入口。

【注　释】

　　①黠：聪明，狡猾。

　　②贾胡：指外国商人。"胡"是古代对西北少数民族的统称，后泛指

外国。

　　③到处辄止：到该停止的地方就应赶快停止。

　　④惜福人：生活节俭不挥霍的人。

　　⑤粒坠：饭粒掉落。

与门人卞伏生

（明）王　佐

【题　解】

王佐，字佐之，号樗厓，嘉善（今浙江嘉兴）人，明代作家，著有《南癝日笺》。

这封写给门人的短牍阐明了一个关于人生修养的道理：人无完人，每个人都会有缺点和不足，有修养的人会接受批评而不愿自己的缺点被包庇，而那些掩饰自己缺点的则只是在自己欺骗自己，这样做没有什么好处，应当引以为戒。

【原　文】

白璧之瑕，人孰无之？又孰掩之？是故君子宁为人所指点，不为人以包容。蔽覆遮羞①，无由洁净，此犹穿窬小人②也，而曰"学"，焉取矣？

【注　释】

①蔽覆遮羞：掩饰自己的缺点和不足。

②穿窬小人：指爬墙行窃的人。《论语·阳货》："譬诸小人，其犹穿窬之盗也与！"

复友人

（明）李陈玉

【题　解】

李陈玉（1598～1660 年），字石守，号谦庵，明末吉水（今属江西）人，明崇祯十年丁丑科进士，著有《退思堂集》。

这封短牍揭示了一个生活中的哲理，即事物往往是真假掺杂的。谎言总是掩饰得很逼真，而真相又往往是简单。所以，为人处事务必用心，只有用心才能识别。

【原　文】

凡两讼①者，各据所见，无不凿凿②。听讼之耳③，何由鉴别？

惟从其弥缝极工处④，便知其极破绽处。盖天下之人，无故而多一语，此语必有所为。其极工处，乃其极拙处。若夫理直者，其言自简，了⑤无曲折；反有拙漏，故望而知其诚伪也。

【注　释】

①两讼：两人起纠纷或打官司。

②凿凿：言之有据的样子。

③听讼之耳：听双方争陈其词的耳朵，指断事者或断案者。

④弥缝极工处：指措辞最严密精巧的地方。

⑤了：简洁明了。

与吴来之

（明）卓人月

【题　解】

卓人月（1606～1636年），字珂月，号蕊渊，明末仁和（今浙江杭州）人，工词曲，诗亦奇肆。

这封写给朋友的短牍揭示了一个关于友情的道理：友情深浅不在于天天挂在嘴边，真正的朋友即使少了联系，友情却不会减。

【原　文】

盈盈一水，相隔不遥，而以所居僻陋，鸿便①甚希，久不获布一语于左右②。

然弟生平廓落迂疏③。当其不言，胸中未尝有不可言之言；及其既同而言，亦无以加于未有言之初。此虽与吾兄交甚浅，而亦于有以知其深耳④。

【注　释】

①鸿便：犹言鸿雁之便。鸿雁，代指书信。

②"久不"句：指很久未收到对方书信。

③廓落迂疏：性情松散懒散。

④"而亦"句：希望借这些文字让朋友对自己的了解得以加深。

与三好安宅书

（明）朱之瑜

【题　解】

朱之瑜（1600～1682 年），字楚屿，号舜水，余姚（今属浙江）人，明末著名学者和教育家。三好安宅是朱之瑜的日本朋友，朱之瑜曾在日本讲学，并客居二十多年，在日本学术界很有影响，被谥为"文恭先生"。

这封信是写给日本朋友的，主要借赠送御寒衣物来表现他们之间高洁的友谊，值得人们学习。

【原　文】

奉上粗布绵衣①二件，聊以御寒而已。以足下狷洁，不改细帛污清节也②。诸面谈，不一③。

【注　释】

①绵衣：棉花做的衣服。
②狷洁：洁身自好，不同流合污。清节：道德和节操高尚。
③诸：余事。不一：不一一细说，书信用语。

示儿婿

（明）彭士望

【题　解】

彭士望（1610～1683 年），字达生，号躬庵。江西南昌人。明末文学家、隐士。明亡后，讲学于易堂，与魏禧等号称"易堂九子"。具有很强的民族意识，著有《耻躬堂诗文集》四十卷。

这封信中作者将少年的成长比作"花木"，把少年的心性刻画得异常生动。这里也寄寓了他对后辈的期望，他希望后辈在交游中以诚待人，追求美好的生活态度，能在朝气勃勃的年岁里健康成长、修身养性。字里行间透露着作者的高尚品格；今天读来，仍旧发人深省。

【原　文】

少年须常有一片春暖之意，如植物从地茁出。天气浑含只滋根土①，美闷春融②，绝无雕节③，自会发生盛大。

今之少年，往往情不足而智有余④，发泄多岐，本地单薄⑤。专力为己，饰意⑥待人，展转效摹，人各自为，过失莫知，患难莫救，殖落岁逝⑦，竟成孤立⑧。千年之木，华尽一朝⑨，良可惜也！

【注　释】

①"天气"句：雨水滋润着大地，让植物得以生长。

②美闷春融：温暖的春风促进植物生长。

③雕节：人工雕饰。

④情：感情。智：机巧。

⑤本地单薄：根基薄弱。

⑥饰意：修饰做作。

⑦殖落岁逝：指岁月的流逝如同植物的衰落。

⑧竟成孤立：终究成为一个一无所成的人。

⑨"千年"二句：原本能够生长千年的大树，只开一次花就枯萎了。

与王于一①

(明) 归 庄

【题 解】

归庄 (1613～1673 年)，一名祚明，字尔礼，又字玄恭，号恒轩，昆山（今属江苏）人。明末清初书画家、文学家。善草书、画竹。

作者将顾炎武介绍给了王于一，并希望对方不要因顾炎武平凡的外貌而轻视他，还强调了顾炎武的"君子之德"和才识，也表达了自己对顾的钦佩之情。

【原 文】

别后不一月，有一札附万年少②告讣之使，计已彻览③。此子既丧，淮浦④遂无人矣。又地处嚣尘，无高山茂林，可容屐齿⑤，终日闭门闷坐而已。视仁兄居广陵⑥佳丽地，日与骚人韵士临风赋诗，登高长啸，声与竹西⑦歌吹相杂，岂非天上人耶！

敝邑顾宁人⑧兄，德甫先生之孙也。兄间者为我言，方杖苴⑨时，德甫先生不远二千里遣使致生刍⑩，有古君子之风。今宁人亦素车白马，走九百里，哭万年少。家风古谊，不堕益敦^⑪。然此兄非止独行之士也，贯穿古今，指画天地，深心卓识^⑫，弟所师事。

弟为言仁兄谆谆问其家世，兹南还便道奉访。兄试略其寝貌^⑬，听其高言，知弟之非妄许也。

【注　释】

①王于一：名猷定，字于一，号轸石，江西南昌人。工诗文，善书画，名重一时，著有《四照堂集》。

②万年少：万寿祺，字年少。淮阴（今江苏淮阴）人。

③彻览：全部读完。

④淮浦：即淮阴。

⑤屐齿：原是登山时穿的鞋子，这里借指登山。

⑥广陵：扬州的古称。

⑦竹西：本指扬州城西北竹西亭（又名歌吹亭），此处借指扬州。

⑧顾宁人：顾炎武，字宁人，与归庄同乡。

⑨杖苴：即苴杖，古代居父母丧所用的竹杖。

⑩生刍：新割的草，后指吊丧的礼物。语出《后汉书·徐稚传》。

⑪不堕益敦：没有废弃，反而更深厚。

⑫指天画地：品评天地万物。深心卓识：思想深刻，见识独到。

⑬略其寝貌：不介意他的相貌平平。寝，丑陋。

答黄九烟

（明）尤 侗

【题 解】

　　尤侗（1618～1704 年），字同人，一字展成，号悔庵，晚自号西堂老人。江南长洲（今江苏苏州）人。清代诗人、戏曲家，曾被顺治誉为"真才子"，康熙誉为"老名士"。

　　这封信以友人在诗中直呼己名而开头，引出了对朋友之间的交往的又一种解读。作者认为知己之交，不在于表面的客套，而在于心底的相知。言辞之间也流露出作者的洒脱。

【原 文】

　　辱赠扇头十绝①，首云："今朝喜得见尤侗。"见者无不怪之②。仆解之白："白也诗无敌"③，杜甫诗也；"饭颗山头逢杜甫"④，李白诗也；下此则"不及汪伦送我情"⑤，"旧人惟有何戡在"⑥，无不呼名者，又何怪也？

　　不特此也，人苟知己，则行之可⑦，字之可，名之亦可。即呼之为牛，呼之为马，亦无不可。苟非知己，则称之为先生，直叱之为老奴耳⑧；尊之为大人，犹骂之为小子耳。至于不敢说可，不敢说非，常⑨不敢说，则其人为何如人哉？

白之名甫，甫之名白，先生之名侗，一也⑩。诚恐先生借仆名押韵耳；苟仆而可名⑪，仆不朽矣。

【注　释】

①扇头十绝：题在扇面上的绝句。

②怪之：对此感到惊讶。古人重名讳，交往中直呼其名被视为不敬。

③"白也"句：白，即李白。

④"饭颗"句：见李白《嘲杜甫》诗。饭颗山，相传为唐代长安附近的山名。

⑤"不及"句：出自李白《赠汪伦》诗。

⑥"旧人"句：出自刘禹锡《与歌者何戡》诗。旧人，故人，友人。何戡，唐代著名歌唱家。

⑦行之可：以排行相称也可以。行：排行，兄弟间的大小顺序。

⑧直：简直是。叱：呵斥。

⑨常：经常，总是。

⑩一也：一回事。

⑪"苟仆"句：如果我的名字值得一提。

答子德^①书

（明）顾炎武

【题 解】

顾炎武（1613～1682 年），原名绛，字宁人，江苏昆山人，明清之际思想家、史学家、学者。被称作是清朝"开国儒师"、"清学开山"始祖。与黄宗羲、王夫之并称为明末清初三大儒。

这是一封辞谢信，顾炎武极具民族气节，明亡之后，他为复明大计四处奔走，对于清廷的征召多次拒绝，这封信是友人写诗对他加以推崇时，他的辞谢之言，字里行间都彰显了磊落的个性。

【原 文】

接读来诗，弥增愧侧^②！名言在兹，不啻^③口出，古人有之。然使足下蒙朋党之讥；而老夫受虚名之祸，未必不由于此也。韩伯休^④不欲女子知名，足下乃欲播吾名于士大夫，其去昔贤之见，何其远乎？人相忘于道术，鱼相忘于江湖^⑤，若每作一诗，辄相推重，是昔人标榜之习，而大雅君子所弗为也。

愿老弟自今以往，不复挂朽人⑥于笔舌之间，则所以全之者大矣。

【注　释】

①子德：即李因笃，是顾炎武的朋友，字天生，又字子德。清代学者、诗人。陕西富平县人。著有《受祺堂诗》。

②愧恻：惭愧不安的样子。

③不啻：不仅，不只。

④韩伯休：名康，东汉人。他在长安卖药三十余年，口无二价。某日，一女子买药，韩执价不移，女子怒曰："公是韩伯休耶？乃不二价乎？"韩叹曰："本欲避名，今小女子皆知有我，何用药为！"遂隐山中。

⑤"人相忘"二句：指人若以道术相知，潜心钻研学问中，自然会忘掉浮名，就像鱼在江湖中适得其所一样。

⑥朽人：自谦之词，即老朽。

与人书（一）

（明）顾炎武

【题　解】

《与人书》是多篇顾炎武写给友人的书信，集中表达了他治学及处世的观点。本文通过自己的学习经验，指出了学习的方法。在顾炎武看来，学习不只是局限于书本知识，还要通过结交朋友与游览山水的过程中扩大自己的视野和胸怀，否则会出现闭门造车，孤陋寡闻的现象。

【原　文】

人之为学，不日进则日退。独学无友，则孤陋而难成；久处一方，则习染①而不自觉。不幸而在穷僻之域，无车马之资②，犹当博学审问③，古人与稽④，以求其是非之所在，庶几可得十之五六。若既不出户，又不读书，则是面墙⑤之士，虽子羔、原宪⑥之贤，终无济于天下。

子曰："十室之邑，必有忠信如丘者焉⑦，不如丘之好学也。"夫以孔子之圣，犹须好学，今人可不勉乎？

【注　释】

①习染：慢慢沾染上不好的习气。

②"无车"句：意思是说不具备广泛交游的物质条件。

③审问：细致深入地探索考究。

④与稽：进行探讨。与，参与；稽，考核。

⑤面墙：像面对墙壁。而一无所见。

⑥子羔、原宪：都是孔子弟子。子羔，姓高，名柴，曾为卫国士师；原宪，字子思，曾为鲁国邑宰。

⑦"十室"二句：意为再小的地方，也必定有像孔丘一样忠诚信义的人。

与胞弟

（明）顾若璞

【题　解】

顾若璞（1592～1681 年），字和知，钱塘（今浙江杭州）人。出身于书香门第，后自学成才，工于诗文，著有《卧月轩合集》。

这封信是顾氏写给自己胞弟的，信中写到了自丧夫后，她承受巨大伤痛，苦心教育年幼孩子的艰辛历程，顾氏充分利用时间，刻苦自学，从经书到史书，日积月累，不但可以教孩子，而且还自学成才，能赋诗作文，很值得学习。

【原　文】

夫溘云逝，骨铄魂销，帷殡而哭，不如死之久矣，岂能视息人世，复有所谓缘情靡丽之作邪①？徒以死节易，守节难，有藐诸孤在不敢不学古丸熊画荻者，以俟其成②。当是时，君舅③方督学西江，余复远我父母兄弟，念不稍涉经史，奚以课藐诸孤而俟之成？余日惴惴，惧终负初志，以不得从夫子于九京也④。于是酒浆组纴之暇，陈发所藏书，自四子经传以及古史鉴、《皇明通记》、《大政记》之属，日夜披览如不及⑤。二子者，从外傅入，辄令篝灯坐隅，为陈说吾所明，更相率咿唔，至丙夜乃罢⑥。顾复乐之，诚不自知其瘁⑦也。日月渐多，见闻与积，圣经贤传，育德洗心，旁及骚雅词赋，游焉息焉⑧，冀以自发其哀思，舒其愤闷，幸不底于幽忧之疾。而春鸟秋虫，感时流响，率尔操觚⑨，藏诸笥箧；虽然，亦不平鸣耳，讵敢方古班、左诸淑媛，取邯郸学步之诮耶⑩！

【注　释】

①溘：忽然。铄：销毁、熔化。缘情靡丽之作：抒情的作品，这里指写诗。

②徒：只，仅仅。藐诸孤：指丈夫去世后留下的年幼的孩子。藐：小，年幼。丸熊：糅和熊胆做成药丸。据《新唐书·柳仲郢传》载，唐代柳仲郢母韩氏，曾用熊的胆汁调制成药丸，以备儿子夜晚时咀嚼，可提神。画荻：据《宋史·欧阳修传》载，欧阳修四岁丧父，家贫，买不起纸笔，母亲就用芦荻秆代替笔，教他在地上写字。

③君舅：丈夫的父亲。

④惴惴：恐惧的样子。九京：九泉，指地下。

⑤酒浆组纴：指洗衣做饭和织布。四子经传：即四书，儒家经典著作。古史鉴：泛指《资治通鉴》等记载中国古代历史的著作。《皇明通记》、《大政记》：叙述明代历史的书籍。

⑥篝灯：用竹笼罩着灯光。咿唔：读书声。丙夜：三更时分。

⑦瘁：劳苦过度。

⑧游焉息焉：漫游和休息。

⑨操觚：指写文章。觚：古代写字用的木板。

⑩讵：哪里、难道。班、左：指东汉女史学家班昭和西晋女文学家左芬。邯郸学步：出自《庄子·秋水》，比喻机械地模仿别人不成，反而使自己原来会的技能也失去了。

示儿燕

（明）孙枝蔚

【题　解】

孙枝蔚（1620～1687年），字溉堂，号豹人，三原（今属陕西）人。清初重要诗人，著有《溉堂集》。

这封信意在告诫儿子要多读书，藏书再多不读亦只是装点斯文的东西。对于古书，更要圈点细读，这才能使藏书发挥最大的作用。

【原　文】

初读古书，切莫惜书，惜书之甚，必至高阁①。便须动笔圈点②为是，看坏一本，不妨更买一本。盖惜书是有力之家藏书者所为，吾贫人未遑效此也。譬如茶杯饭碗，明知是旧窑③，当珍惜；然贫家止有此器，将忍渴忍饥作珍藏计乎？儿当知之。

【注　释】

①高阁：束之高阁的意思，这里指藏书而不读书。

②圈点：古书没有断句，也没有标点，这就要求读书人要自行断句划分。

③旧窑：指年代久远的珍贵古瓷。

清代

与子侄

（清）毛先舒

【题　解】

毛先舒（1620～1688年），明末清初文学家。字稚黄，原名
骙，又字驰黄，浙江钱塘（今杭州）人。明末诸生，明亡后不求
仕进，从事音韵学研究，也能诗文。与毛奇龄、毛际可齐名，时
称"浙中三毛，文中三豪"。著有《思古堂集》、《音韵通指》等。

这封信中，作者时刻提醒后辈要"惜时"，要在年富力强的
时候多做些有益的事，不然，一旦年长，即使想再努力去发愤，
也会力不从心，到时候后悔也来不及了。

【原　文】

年富力强，却涣散精神，肆应于外①，多事无益妨有益，将
岁月虚过，才情浪掷，及至②晓得收拾精神，近里着己时，而年
力向衰，途长日暮③，已不堪发愤有为矣。回而思之，真可痛哭！
汝等虽在少年，日月易逝，斯言常当猛省。

【注　释】

①肆应于外：放纵自己从事一些于身心无益的事情。肆，放纵。

②及至：等待，等到某个时候。

③途长日暮：路途很遥远，而太阳快要落山了。喻指壮志未酬，而年岁已长。

与故人

（清）毛奇龄

【题　解】

毛奇龄（1623～1716 年），字大可，号初晴，浙江萧山人，学者称"西河先生"。以治经学著名，又长于诗。著有《西河合集》，共 493 卷，有 40 余部著作收录于《四库全书》。

这封短牍是一篇思乡之作，通过对江北春景的描写，与故乡之景形成对比，表达了异乡虽亦有美景但终究比不上故乡的主题，思乡之情油然而生，将一个游子对故乡的依恋之情刻画得很细致，感情自然真切。

【原　文】

初意舟过若下①，可得就近一涉江水，不谓蹉跎转深，今故园柳条又生矣。江北春无梅雨，差便旅眺，第日薰尘起，幛目若雾。且异地佳山水终以非故园，不浃寝食②，譬如易水种鱼，难免围困③，换土栽根，枝叶转悴，况其中有他乎！向随王远侯归夏邑，远侯以宦迹从江南来，甫涉淮扬，躐濠亳，视夏邑枣林榆隰、女城茅屋，定谓有过。乃与其家人者夜饮，中酒叹曰："吾遍游南北，似无如吾土之美者。"嗟呼！远游者可知已。

【注　释】

　①若下：若，你。若下即你所在的地方。

　②浹：通透，舒坦。

　③圉困：圉，牢狱。圉困即困于牢笼，得不到舒展。

与程昆仑^①

（清）王士禎

【题　解】

王士禎（1634～1711 年），字子真，一字贻上，号阮亭，又号渔洋山人，山东新城（今桓台）人。清初著名文学家，精诗文，创"神韵说"，在诗坛影响极大。顺治进士，官至刑部尚书，谥文简。

这封写给程昆仑的信中，主要是商量一起集资为林茂之出版诗集的事宜。信中对林茂之的才华加以赞扬，并对他贫困的处境予以同情，发出真正有价值的作品因贫穷无法见之于世的悲观和不平之音。文字简洁自然，值得细细品读。

【原　文】

林茂之先生今年八十有三，文苑尊宿，此为硕果，亦岿然老灵光矣^②。

顷相见，询其平生著述，皆藏溧水之乳山中^③。诗自万历甲辰，未付枣梨^④。茂翁贫且甚，不能自谋板行^⑤，行恐尽沦烟草。

今人黄口才学，号嗄连篇累帙，便布通都⑥。此老负盛名七十年，至不能传一字于后世，可惜也！

弟意先检点其近作，约好事者人任一卷。积石为山，集翠成裘，大是佳话，顾同志寥寥耳⑦。

【注　释】

①程昆仑：名庄，字坦如，又字昆仑，清代武乡（今属山西）人。古文家。

②林茂之：名古度，字茂之，别号那子，侯官（今福建省福州市）人。明末清初著名诗人。明亡，终生不仕。贫而守节，工诗能书。尊宿：德高年长者。硕果：难得之物仅存者。老灵光：这里指林古度。语出《文选》："灵光岿然独存。"灵光：宫殿名。

③溧水：在江苏溧阳市，亦称陵水、永阳江，东向流入太湖。乳山：系溧阳市一小山名，

④万历甲辰：万历三十二年（1604）。枣梨：古代刻板多用枣木，梨木。这里代指印刷。

⑤板行：制板印行。板，印刷用的雕版。

⑥黄口：指小儿。号嗄：声音嘶哑。《老子》下，"终日号而不嗄，和之至也。"通都：四通八达的大都会。

⑦集翠成裘：由"集腋成裘"转化而来，喻汇集众资以成一事。大是：确实是。"顾同志"句：只不过志趣相投的人实在不多了啊。

与弟侄

（清）郑日奎

【题　解】

郑日奎（1631～1673 年），字次公，号静庵，贵溪（今江西贵溪）人。清初著名文学家、文论家。清世祖顺治十六年（1659）进士，官工部员外郎，升礼部主事。康熙十一年（1672）与王士祯同典四川乡试。著有《静庵集》、《格言录》等。

这是一封家书。作者以蚕和桑为例，向弟、侄阐述读书学习的道理。种桑树的目的是为了养蚕；养蚕的目的是为了蚕丝。由此得出，读书的终极目的并不只为读书这么简单。人读书是为了将书中的精华部分充分吸收利用，更好地认识世界，开阔视野。

【原　文】

为蚕养桑，非为桑也。以桑饭蚕，非为蚕也。逮①蚕吐茧而丝成，不特②无桑，蚕亦亡矣。取其精，弃其粗，取其神，去其形。所谓罗③万卷于胸中而不留一字者乎。

【注　释】

①逮：达到，及。

②特：只，但。

③罗：搜集，掌握。

与 友

（清）诸九鼎

【题　解】

　　诸九鼎，生卒年不详，字骏男，一名昙，字铁庵，钱塘人。工诗文，著有《乐清集》、《铁庵集》。

　　作者以"鸟迎风飞"和"鱼逆水游"为例，向友人阐明了一个道理：人总会遇到挫折，但往往挫折便是一生中最紧要的关头，这些时候更应当全力以赴，不可后退和回避，否则会遭遇失败。这种精神至今仍有学习的价值。

【原　文】

　　鸟之飞也迎风，鱼之游也逆水，此如大事当前，须以身入，方得就①理。若回身退避，鲜②不摧败！洗心退藏③，此是平日言之，临事殊不尔尔。

【注　释】

①就：达到，接近。

②鲜：少。

③洗心退藏：退隐自省。语出《易经·系辞上》："六爻之义易以贡，圣人以此洗心，退藏于密。"

与吴介兹

（清）段一洁

【题　解】

段一洁，字玉鉴，清代人，河南长垣人。

这是写给友人吴介兹的一封信，信中以野梨作比，阐述了人在结交朋友时也应当像野梨一样，结交好人，可以提高自己的品德修养。言辞恳切，引人深思。

【原　文】

野梨酸涩类枳，断桃根接之，稍可啖[①]；再接之，三接之，甘脆远过于哀梨[②]。可见人不可不相与好人也。

【注　释】

①"野梨"句：又酸又涩的野梨，味道很像枳。枳，即枸橘，味道酸涩，可入药。"断桃"句：剪下一段桃根嫁接在野梨枝上。稍可啖，就稍微好吃一些了。啖：吃，尝。

②哀梨：哀家之梨。传说汉朝秣陵人哀仲所种之梨，长得又大又味美，时人谓之"哀家梨"，或简为"哀梨"。

与门人吴讽书

（清）计 东

【题 解】

计东（1625～1676年），清初文学家。字甫草，号改亭，江苏吴江人。顺治十四年（1657）举人，后以江南奏销案被黜，遂出游四方，遍览名山大川，所交皆贤士大夫。并与顾炎武、吴汉槎、潘稼堂被称为"吴中四才子"。有《改亭文集》、《甫草诗集》。

本文是写给吴讽的，作者以庄子和惠子的友情为例子，阐述了一个关于友情的观点，即真正的友情是既肯定对方的优点和长处，又能指出其缺点的。那种只会夸夸其谈的人，不但不能起到鼓励赞扬朋友的目的，反而会对其产生坏的影响，进而伤及友情。全文旨在突出，朋友之间交往要坦诚真挚，不虚浮才行，这种精神也值得后人学习。

【原 文】

庄子与惠子之交最欢也①，庄子平生之交盖少也。惠子没，庄子乃寝谈②著书，欲以不死其友③也。故于内篇④第一篇两举惠子为《庄子》结之，于第五篇⑤亦然。其余或叙惠子为相而已往见之；或叙同游于濠梁⑥之上；或叙己妻死，而惠子吊之，责其不哭；或叙惠子死而己过其墓。凡己所与问答论辩之人，惠子外无几人焉。

乃其卒篇，则盛诋惠子之书，道牟驳而言不中，凡曲叙惠子怪诡之说，数百言不休，且以"惜乎，悲夫"三叹惠子⑦，以终三十三篇⑧之意。

若今人不得其解者，必以庄子毁其好友为负友⑨矣。呜呼！岂知庄子、惠子者哉？夫盛称其友，至溢其实，使不信于天下，不传于后世，此庸人之所为，非所为于长者也！

足下明于此义，则可以读尔师之《钝翁类稿》与《说铃》矣。

【注　释】

①庄子：名周。今河南商丘市东北人。战国时期著名的思想家、文学家。著有《庄子》。惠子：名施。战国时期著名思想家。《庄子》等先秦古籍中载有他言行的片段。

②寝谈：闭口不谈。寝，止，息。

③不死其友：意为使其友永垂不朽。

④内篇：《庄子》分内、外、杂篇。今本《庄子》内篇七。第一篇《逍遥游》篇末以惠子与庄子对话结束全文。

⑤第五篇：指《德充符》。此篇亦以惠子与庄子对话结束全文。以下七句所及内容，均见《庄子》外篇与杂篇。

⑥濠梁：护城河梁。

⑦"乃其卒篇"后数句：指《庄子》中的《天下篇》，此篇实为古代学术思想的总结。其中对惠子学说的介绍、批评占有很大篇幅。

⑧三十三篇：《汉书·艺文志》载《庄子》书五十二篇。现存三十三篇。

⑨负友：对朋友背信弃义。

与王石谷①

（清）恽寿平

【题　解】

　　恽寿平（1633～1690年），清初著名画家。初名格，字寿平，以字行，又字正叔，号南田、云溪外史、白云外史、东园客、草衣生等，武进（今属江苏）人。书法主要学褚遂良，平生不应科举，以卖画为生。

　　此信是作者写给王石谷的，信中将作者对他的钦佩之情表现得极为巧妙和恰当。通过写自己作画时的所思所想及所感，将两位画家之间的纯真友情表现得很微妙，同时也表现了他们对艺术境界的追求。

【原　文】

　　去足下不觉五日。五日在田舍，执卷据案辄思睡，一无所为。间拈毫构思，拟成文，究无一字，叹闷而已。

　　弟不到水庭②，可以镇日③闭门拒俗客，所经营绢素④，当更得奇宕险怪之想。然南田⑤不在，即得意有谁能称快叫绝者？即有之，想吾兄亦何屑听其妄为评论，使苍蝇声之入声也。

自兄来此，弟素狂不怯人，今乃不能著一笔。间持笔，辄念"石谷"，念"石谷"百遍，稍稍得一两笔。得一两笔后，则又虑吾石谷他时或见之也，复为踌躇久之。弟与兄庶几称肺腑矣，而忍视我坐颠倒想中过五十小劫耶⑥？

曹生《洞庭秋帆》小卷⑦，设色必已甚丽。曹生去时，正遇洞庭秋风；足下尺幅，乃欲与造化争丽耶？弟画《归棹图》，因诗未成，尚在案头也。董思翁画一幅，送玩⑧。曹卷未送，肯付一赏不？

【注 释】

①王石谷：即王翚（1632～1717 年），清代画家，人称"清初画圣"。与王鉴、王原祁、王时敏，以及吴历、恽寿平并称为"清六家"。

②水庭：为王石谷居处。

③镇日：整日，一整天。

④经营绢素：指作画。

⑤南田：恽寿平的号。

⑥肺腑：比喻相知极深的朋友。五十小劫：指极长的时间。劫，佛教用语，佛教认为世界有周期性的生灭过程，它经历若干万年后，就要毁灭一次，重新开始，此一周期称为一"劫"。

⑦"曹生"句：指王石谷为曹生所作《洞庭秋帆》小幅画。小卷，与后文"尺幅"意同，指篇幅较小的图画。

⑧董思翁：明代画家董其昌，号思白。玩：玩赏，欣赏。

与徐丙文

（清）孔尚任

【题　解】

孔尚任（1648～1718年），字聘之，又字季重，号东塘，别号岸堂，自称云亭山人，山东曲阜人，孔子六十四代孙。清代戏曲作家、诗人，代表作品有《桃花扇》。

明代万历以后，尺牍创作盛极一时。乾隆之后，尺牍创作也开始变得规范化，个人尺牍专集及选本也开始涌现。如袁宏道《袁中郎尺牍》、李渔辑《尺牍初证》等。这里是作者得知徐丙文在做这项工作，于是便写信给他，加以鼓励和褒扬，并提出了"尺牍亦诗之余也"、"原本风雅"的观点，体现了当时人们对尺牍的重视。

【原　文】

江南江北，选家①林立，大都扬风扢雅②，而从事尺牍者绝少。盖尺牍一体，即古之辞命③，所云使四方能专对者④，实亦原本风雅⑤。人但知词为诗之余，而不知尺牍亦诗之余也。

足下肯驻寒衙，早夜搜辑，诚为快举！考古今文章家，体裁不一，代不专美，盖一时人心之所尚，即千古气运⑥之所归。而居其先者，虽极力开创，不能盛；承其后者，虽极力蹈袭，不能似；当其际者，虽极力摆脱，不能免。一二有心人，微窥其意，不先不后，以全力调护，标榜⑦其间，用⑧成一代之文章。其在兹举⑨乎？其在兹举乎？

【注　释】

①选家：指从事选辑评定某一类文章的人。

②扬风扢雅：即"扬扢风雅"，意为宣扬、评论风雅。风雅指诗歌。扢：摩，拭。

③"盖尺牍"二句：刘勰《文心雕龙·书记》云："三代政暇，文翰颇疏；春秋聘繁，书介弥盛。"认为尺牍起源于春秋各诸侯国之间的外交往来。辞命，即外交辞令。

④使四方能专对者：指代表国家和地区出使四方并能就双方间的某些问题做出回答的人。这种人古称"行人"，亦即今天的外交官员。

⑤原本风雅：继承《诗经》中《国风》、《小雅》的传统。

⑥气运：气数，命运。古人用以指事物的自然推移过程。

⑦标榜：宣扬，称道。

⑧用：因。

⑨兹举：指从事尺牍编纂工作。

雍正十年杭州韬光庵中寄舍弟墨

（清）郑 燮

【题　解】

郑燮（1693～1765年），清代文学家、书画家。字克柔，号板桥，以号闻名。江苏扬州兴化人。乾隆元年进士。曾任山东范县知县，又调知潍县。为官清廉，体恤百姓疾苦，颇有作为。"扬州八怪"之首。

这封信写于雍正十年（1732）秋，是当时郑板桥在游览杭州的途中，寄住在杭州韬光庵时有感而作写给堂弟的，它指出一个人若想改变自己的贫贱处境，必须要依靠自身的努力，待人也要心存宽厚，凡事不可太过计较，这在今日仍有借鉴意义。

【原　文】

谁非黄帝尧舜之子孙，而至于今日，其不幸而为臧获①，为婢妾，为舆台、皂隶②，窭穷迫逼，无可奈何。非其数十代以前即自臧获、婢妾、舆台、皂隶来也。一旦奋发有为，精勤不倦，有及身而富贵者矣，有及其子孙而富贵者矣，王侯将相岂有种乎！而一二失路名家③，落魄贵胄④，借祖宗以欺人，述先代而自大。辄⑤曰：彼何人也，反在霄汉；我何人也，反在泥涂。天道不可凭，人事不可问⑥。嗟乎！不知此正所谓天道人事也。天道福善祸淫，彼善而富贵，尔淫而贫贱，理也，庸⑦何伤？天道循环倚伏，彼祖宗贫贱，今当富贵；尔祖宗富贵，今当贫贱，理也，又何伤？天道如此，人事即在其中矣。愚兄为秀才时，检家中旧书簏，得前代家奴契券，即于灯下焚去，并不返诸其人⑧。恐明与之，反多一番形迹，增一番愧恧⑨。自我用人，从不书券，合则留，不合则去。何苦存此一纸，使吾后世子孙，借为口实，以便苛求抑勒⑩乎！如此存心，是为人处，即是为己处。若事事预留把柄，使入其网罗，无能逃脱，其穷愈速，其祸即来，其子孙即有不可问之事、不可测之忧。试看世间会打算的，何曾打算得别人一点，真是算尽自家耳！可哀可叹，吾弟识之。

【注 释】

①臧获：古代对奴婢的贱称。

②舆台、皂隶：奴隶社会中两个低的等级的名称，后泛指地位卑微的人。

③失路：不得志。

④贵胄：贵族的子孙后代。胄，后代。

⑤辄：总是，就。

⑥天道：古代哲学术语。有两种不同的解释，一种认为它是自然界及其发展变化的客观规律。一种认为它是上帝意志的表现。人事，即人世间的事情。这里指吉凶祸福等情况。

⑦庸：难道，怎么。

⑧并不返诸其人：并没有把契券还给家奴。诸，之、于的合音。

⑨恧：惭愧。

⑩抑勒：压制，勒索。

给四侄钟杰书

（清）陈宏谋

【题　解】

陈宏谋（1696～1771 年），字汝咨，号榕门，临桂（今广西桂林）人。辑有《五种遗规》。

这封短信中，作者向晚辈讲了一些为人处世的准则和道理，即为人须质朴不忘本，处事要圆滑，但得适度。这些道理，也值得后人学习。

【原　文】

其一

京中浮华，须立定主意，不为所染。盖天下惟诚朴为可久耳！吾家世守寒素①，岂可忘本？读书见客，事事检点，即学问也。

其二

来京途中，有一刻闲，便当看书，古人游处皆学，不过为收放心②耳。骄傲奢侈，一点不能沾染。即会客说话，固须周旋，然不可套语太多，多则涉于油滑而失真矣。

【注　释】

①寒素：家道贫寒朴素。

②收放心：把放纵懒散心思进行约束。

答郑文用牧书

（清）戴 震

【题 解】

　　戴震（1724～1777 年），字东原，号杲溪，安徽休宁人。清代著名学者、思想家。曾任《四库全书》纂修官。

　　这封信中，作者阐明了自己立身待人，处事治学的道理。言辞恳切，情感真挚，值得后人学习。

【原 文】

　　立身，守二字：曰"不苟"；待人，守二字：曰"无憾"。事事欲不苟，犹未能寡①耻辱；念念求无憾，犹未能免怨尤。——此数十年得于行事者。其得于学：不以人蔽己；不以己自蔽②；不以③一时之名，亦不期后世之名。有名之见④，其弊二：非掊击前人以自表襮，即依傍昔儒以附骥尾⑤。二者不同，而鄙陋之心同。是以君子务在闻道⑥也。

　　今之博雅能文章、善考核⑦者，皆未志乎闻道。徒株守先儒而信之笃，如南北朝人所讥"宁言周、孔误，莫道郑、服非"⑧，亦未志乎闻道者也。私智⑨穿凿者，或非尽掊击以自表禄，积非成是⑩，而无从知，先入为主，而惑以终身；或非尽依傍以附骥尾，无鄙陋之心，而失与之等。故学难言也。

好友数人思归，而共讲明正道，不入四者之弊，修辞立诚⑪，以俟后学⑫。其或听或否；或传或坠；或尊信、或非议；述古圣贤之道者，所不计也。

【注　释】

①寡：少，缺少。

②"其得"三句：从学习中获得的认识是，不因盲目追随他人而抹杀自己，也不因自己取得的一点小成就而沾沾自喜。蔽，认识不清。

③以：用，追求。

④有名之见：追求虚名的表现。

⑤"非掊击前人"两句：掊击，抨击。攓，暴露，显现。依傍，依靠，步人后尘。骥尾，《史纪·伯夷列传》索隐："苍蝇附骥尾而致千里。"骥，千里马。

⑥闻道：读懂圣人的大道。

⑦考核：考订古籍的真伪异同。

⑧周、孔：周公、孔子。郑、服：郑玄、服虔，二人皆为东汉著名经学家。

⑨私智：一己之智，指主观想象。

⑩积非成是：一种错误的说法流传得时间长了，也会被人们当成真理。

⑪修辞立诚：《易·系辞》："修辞立其诚。"意思是文辞要反映真实的思想感情，要重视道德修养。

⑫以俟后学：等待以后的学者。

训大儿

(清) 纪晓岚

【题　解】

纪昀 (1724～1805 年),字晓岚,一字春帆,晚号石云,道号观弈道人,直隶献县 (今属河北) 人。清代文学家。代表作有《阅微草堂笔记》。

这封信是纪晓岚写给儿子的,作者信中明确告诉儿子交友必须要慎重,要三思而后行,勿交损友。并通过分析真小人与伪君子的外貌与表现,指出真小人易于辨别,危害性相对小些;而伪君子却极具迷惑性,危害就极大。所以,要交"友直友谅友多闻"的朋友。此信虽寥寥数语,但寓意深记得,语言生动。

【原　文】

尔初入世途,择交宜慎,友直友谅友多闻益矣。误交真小人,其害犹浅;误交伪君子,其祸为烈矣。盖伪君子之心,百无一同:有拗捩①者,有偏倚者,有黑如漆者,有曲如钩者,有如荆棘者,有如月剑者,有如蜂虿者,有如狼虎者,有现冠盖形者，有现金银气者，业镜高悬，亦难照彻。缘其包藏不测，起灭无端，而回顾其形，则皆岸然道貌②，非若真小人之一望可知也。并且此等外貌麟鸾中藏鬼蜮之人，最喜与人结交，儿其慎之。

【注　释】

　①拗捩：亦作"拗戾"，歪曲的意思。

　②岸然道貌：外表严肃正经。这里用来讽刺表里不一的伪君子。

柬奚铁生①

（清）吴锡麒

【题　解】

吴锡麒（1746～1818年），字圣征，号谷人，钱塘（今浙江杭州）人。清代文学家。擅诗词，精骈文。著有《有正味斋集》。

这是作者写给友人奚铁生的一封短信，通过对景物的描写，将一幅清新秀丽的山水图呈现在了人的眼前，也表达了对友人的思怀之情。

【原　文】

舟抵荻港②，芦风萧萧，四无行人。渔人拿③小舟而出，遥赴夕阳中，"欸乃一声山水绿"④。此时此景，得足下以倪、黄⑤小笔写之，便可千古。

奉到青藤⑥一枝，伏听驱使。

【注　释】

①奚铁生：即奚冈，字纯章，号铁生。钱塘（今浙江杭州）人。清代

篆刻家、画家。著名的"西泠八家"之一，亦工书法。

②荻港：镇名，在今浙江省吴兴县南。

③拿：牵引。

④"欸乃一声山水绿"：柳宗元《渔翁》诗句。欸乃，摇橹声。

⑤倪、黄：指倪瓒、黄公望，均为元末著名山水画家。

⑥青藤：手杖。

与祝子常书

（清）李兆洛

【题　解】

李兆洛（1769～1841年），字申耆，晚号养一老人，江苏阳湖（今常州）人。清代著名文学家、地理学家和书法家。著有《养一斋文集》、《历代地理志韵编今释》、《历代地理沿革图》、《历代纪元编》等，并选有《骈体文钞》行世。

这封给好友祝子常的信中，作者对他的人品及才学作了很高的评价，并以诸葛亮的《诫外甥》为例，借以共勉，鼓励友人应当"志存高远"，不为世俗之事打扰。寥寥百余字，将其中的道理阐述得极为明了。

【原　文】

足下立身行己，抗①心古人，所处有断限，不自容其非，亦不肯容人非；所著作皆俊杰廉悍，作作②出芒焰。未见深于情而不靡③如足下也！人生何必时俗喜，何必鬼神怜④？但得一二快处，倾泻肝腑，发摅，瑰奇，亦足豪耳⑤。

　　诸葛武侯⑥《诫甥书》曰："志当存高远，弃凝滞，忍屈伸，去细碎，使庶几之情，揭然有所存。"倘亦吾侪座右铭乎⑦？

【注　释】

　　①抗：抗衡，匹敌。断限：准则，标准。

　　②作作：光芒四射的样子。

　　③靡：淫靡。

　　④怜：怜悯。

　　⑤快处：读了使人称快的地方（指文字）。发摅：抒发。

　　⑥诸葛武侯：即诸葛亮（181～234年），三国时蜀国政治家、军事家，曾被封为武乡侯。

　　⑦倘：或许。侪：同辈，同类的人。

谕儿书

(清) 林则徐

【题 解】

林则徐 (1785~1850 年), 字元抚, 又字少穆, 晚号竢村老人, 谥文忠。福建侯官 (今福州) 人。他是近代杰出的政治家、思想家和文学家, 清朝的封疆大吏。

这封信是林则徐写给二儿子的, 他共有三子, 对二儿子了解颇深, 认为他 "资质最钝", 故应 "抛撇诗文, 常居别墅, 随工人以学习耕作"。作为父亲, 他深知儿子的天资, 故指导儿子选择一条适合的道路——务农, 这也体现了他尊重劳动人民的高尚品德。

【原 文】

字谕聪彝儿, 尔兄在京供职, 余又远戍塞外, 惟尔奉母与弟妹居家, 责任綦重①。所当谨守者有五: 一须勤读敬师; 二须孝顺奉母; 三须友于爱弟; 四须和睦亲戚; 五须爱惜光阴。

尔今年已十九矣, 余年十三补弟子员, 二十举于乡。尔兄十六入泮, 二十二登贤书②。尔今犹是青衿③一领。本则三子中,惟尔资质最钝，余固不望尔成名，但望尔成一拘谨笃实子弟，尔若堪弃文学稼，是余所最欣喜者。盖农居四民之首，为世间第一等最高贵之人，所以余在江苏时，即嘱尔母购置北郭隙地，建筑别墅，并收买四围粮田四十亩，自行雇工耕种，即为尔与拱儿预为学稼之谋。尔今已为秀才矣，就此抛撇诗文，常居别墅，随工人以学习耕作，黎明即起，终日勤动而不知倦，便是长田园之好子弟。

至于拱儿，年仅十三，犹是白丁④，尚非学稼之年，宜督其勤恳用功。姚师乃侯官名师，及门弟子，领乡荐，捷礼闱者，不胜偻指计⑤。其所改拱儿之窗课，能将不通语句，改易数字，便成警句。如此圣手，莫说侯官士林中，都推重为名师，只恐遍中国，亦罕有第二人也。拱儿既得此名师，若不发愤攻苦，太不长进矣。前月寄来窗课五篇，文理尚通，惟笔下太嫌枯涩，此乃欠缺看书工夫之故。尔宜督其爱惜光阴，除诵读作文外，余暇须批阅史籍，惟每看一种，须自首至末，详细阅完，然后再易他种，最忌东拉西扯，阅过即忘，无补实用。并须预备看书日记册，遇有心得，随手摘录，苟有费解或疑问，亦须摘出，请姚师讲解，则获益良多矣。

【注　释】

①塞外：古代泛指外长城以北之地。綦重：极重。

②弟子员：亦称博士弟子员，即县学生员。入泮：科举时代，学童考进县学为生员，谓入泮。登贤书：古时称乡试考中为"登贤书"。

③青矜：指读书人。明清科举时代专指秀才。

④白丁：指尚未取得功名的人。

⑤侯官：今福州市。领乡荐：唐制，由州县地方官推荐赴京师应礼部试，叫"乡荐"。后称乡试中试为"领乡荐"。偻指：逐一屈指而数。

致邓传密^①

（清）魏　源

【题　解】

魏源（1794～1857 年），原名远达，字默深，湖南邵阳人。著名学者，中国近代启蒙思想家。著有《海国图志》、《书古微》、《元史新编》等作品。

这封信是作者写给好友邓传密的，信中他盛赞朋友为人诚恳，待人真挚，是位"肫勤之君子"，与当时社会上的尔虞我诈形成了鲜明的对比，也写出了朋友之间的友谊。

【原　文】

守之仁弟足下：

两接手书，具稔^②动履安和，甚慰悒^③念。

前书谓源与挹之退有后言^④，方切悚^⑤惧。昨札则已释前疑，而止谓词貌之间，不甚亲洽。夫舍其大而责其细，宽其重而就其轻，是故人之恕也，交久而不略其文貌，责过而不忽于细微，是故人之周也。源索性粗疏，动多尤悔，故人知之，岂自今日。然在他人，则将以为不足责备而置之，自非直谅肫⑥勤之君子，其尚肯齿⑦诸朋友之别，而规诲不倦乎。近与挹之讲习切磋，颇知自反，尚望时贶⑧良药，以针以砭，不致遐弃，以全始爱。《诗》曰："无我恶兮，不寁故也。"⑨明春入都面晤，乃竭其愚。

前接秋舫⑩书，言足下受定公⑪之托，颇不容易，未知日内光景何如？定公正月即可抵京否？日内闭户作何工夫？念念。天寒惟珍重，一切不宣。

源顿首

【注　释】

①邓传密：(1795～1870年)，原名尚玺，字守之，号少白，安徽怀宁人。

②稔：知晓。

③悒：郁闷不安。

④自"前书"始至信末，曾刊于《甲寅》月刊第一卷第七号。挹之：即杨承注。

⑤悚：惊悚，恐惧。

⑥肫：诚恳。

⑦齿：排列，并排。

⑧贶：赐，赏赐。

⑨"无我"二句：见《诗经·郑风·遵大路》。意思是说你不要因憎恶我而不接近故人。

⑩秋舫：陈沆(1785～1825年)，湖北蕲水人。嘉庆二十四年状元及第，授翰林院修撰，官至四川道监察御史。与魏源交谊甚笃，一生致力词章，著有《简学斋诗存》、《诗比兴笺》、《白石山馆遗稿》等。

⑪定公：指龚自珍(1792～1841年)，号定盒，近代杰出思想家和文学家。

与诸弟书

（清）曾国藩

【题　解】

　　曾国藩（1811～1872 年），字伯涵，号涤生，谥文正。近代著名的政治家、军事家、文学家，晚清散文"湘乡派"创立人。

　　这封家信主要内容是曾国藩勉励家中诸弟自立课程用功读书。他以自身的学习经验为例，写了用功读书的重要性；并列举了身边有志之士们苦读的事例，阐述了士人读书要"有志气"、"有见识"、"有恒心"，这些道理至今仍有借鉴意义。

【原　文】

诸位贤弟足下：

　　九弟到家，遍走各亲戚家，必有一番景况，何不详以告我？四妹小产，以后生育颇难，然此事最大，断不可以人力勉强，劝渠家只须听其自然，不可过于矜持①。又闻四妹起最晏，往往其姑反服事他②；此反常之事，最足折福，天下未有不孝之妇而可得好处者。诸弟必须时时劝导之，晓之以大义。

　　诸弟在家读书，不审③每日如何用功？余自十月初一日立志自新以来，虽懒惰如故，而每日楷书写日记，每日读史十页，每日记茶余偶谈二则，此三事者，未尝一日间断。十月二十一日立誓永戒吃水烟，洎④今已两月不吃烟，已习惯成自然矣。予自立课程甚多，惟记茶余偶谈，读史十页，写日记楷本，此三事者，誓终身不间断也。诸弟每日自立课程，必须有日日不断之功，虽行船走路，须带在身边。予除此三事外，他课程不必能有成，而此三事者，将终身行之。

　　盖士人读书，第一要有志，第二要有识，第三要有恒。有志则断不敢为下流，有识则知学问无尽，不敢以一得自足，如河伯之观海⑤，如井蛙之窥天，皆无识也。有恒则断无不成之事。此三者，缺一不可。诸弟此时惟有识不可以骤几⑥，至于有志有恒，则诸弟勉之而已。予身体甚弱，不能苦思，苦思则头晕；不耐久坐，久坐则倦乏，时时属望，惟诸弟而已。兄国藩手草。道光二十二年十二月二十。

【注　释】

　　①渠：第二人称代词，他（她）。矜持：庄重、拘谨，有做作、不自然之意。

　　②晏：迟，晚。其姑：她的婆母。姑，丈夫的母亲，即婆婆。

　　③审：知道。

　　④洎：至，到。

　　⑤河伯观海：据《庄子·秋水》载："河伯欣然自喜，以天下之美为尽在己。顺流而东行，至于北海，东面而视，不见水端，于是焉河伯始旋其面目，望洋向若（北海神）而叹……"

　　⑥骤几：突然接近。

致纪鸿书

（清）曾国藩

【题　解】

这是曾国藩给儿子写的一封家书，信中讲述了读书做人的一些准则和道理，他教育儿子要勤俭自持，戒骄奢，用功读书。读来语重心长，字词间展现了一位伟大的父亲形象。

【原　文】

字谕纪鸿儿①：

家中人来营者，多称尔举止大方，余为少慰。凡人多望子孙为大官，余不愿为大官，但愿为读书明理之君子。勤俭自持，习劳习苦，可以处乐，可以处约②，此君子也。余服官二十年，不敢稍染官宦气习，饮食起居，尚守寒素家风，极俭也可，略丰也可，太丰则吾不敢也。

凡仕宦之家，由俭入奢易，由奢返俭难。尔年尚幼，切不可贪爱奢华，不可惯习懒惰。无论大家小家，士农工商，勤苦俭约未有不兴，骄奢倦怠未有不败。尔读书写字，不可间断。早晨要早起，莫坠高曾祖考以来相传之家风。吾父吾叔，皆黎明即起，尔之所知也。

凡富贵功名，皆有命定，半由人力，半由天事。惟学作圣贤，全由自己作主，不与天命相干涉。吾有志学为圣贤，少时欠居敬工夫，至今犹不免偶有戏言戏动。尔宜举止端庄，言不妄发，则入德之基也。

手谕（时在江西抚州门外）

咸丰六年九月二十九夜

【注　释】

①纪鸿：曾国藩次子，赏举人，在古代算学的研究上已取得相当成就，早逝。

②约：节约，节俭。

与陶少云书

(清) 左宗棠

【题　解】

左宗棠 (1812～1885 年)，字季高，朴存，湖南湘阴 (今湖南湘阴县界头铺镇) 人，晚清军事家，洋务派重要代表人物，湘军统帅。

这是左宗棠写给女婿陶少云的一封信，其为清朝后期封疆大吏陶澍之子。信中指明了学业和才识不荒废的诀窍是：日日留心，事事留心。也提出了"事无大小"的说法，指出要想知道事物的道理所在，必须要用心去琢磨。言辞恳切，读来受益无穷。

【原　文】

学业才识，不日进，则日退。须随时随事，留心著力为要。事无大小，均有一当然之理，即事穷①理，何处非学？昔人云"此心如水，不流即腐。"果能日日留心②，则一日有一日之长进；事事留心，则一事有一事之长进。由此累积，何患学业才识不能及③人邪！

【注　释】

①穷：推究到极点。

②留心：关心，关注。

③及：赶上，追上。

致儿子书

(清) 张之洞

【题 解】

张之洞 (1837~1909 年),字孝达,号香涛,晚自号抱冰,直隶南皮 (今属河北) 人,是清末洋务派代表人物之一。

这封信写于张之洞送儿子到日本学习期间。通过写对儿子殷切的期望和对他提出的要求,表现了他对儿子天性的了解和谆谆告诫,并将父子之情融入字里行间,切实中肯,语重心长,情真意切。

【原 文】

吾儿知悉:

汝出门去国,已半月余矣。为父未尝一日忘汝。父母爱子,无微不至,其言恨不能一日不离汝,然必令汝出门者,盖欲汝用功上进,为后日国家干城①之器,有用之才耳。方今国事扰攘,外寇纷来,边境累失,腹地亦危。振兴之道,第一即在治国。治国之道不一,而练兵实为首端。汝自幼即好弄②,在书房中,一遇先生外出，即跳掷嬉笑，无所不为。今幸科举早废，否则汝亦终以一秀才老其身，决不能折桂探杏③，为金马玉堂中人物也。故学校肇开，即送汝入校。当时诸前辈犹多不以然，然余固深知汝之性情，知决非科甲④中人，故排万难以送汝入校，果也除体操外，绝无寸进。余少年登科，自负清流，而汝若此，真令余愤愧欲死。然世事多艰，习武亦佳，因送汝东渡，入日本士官学校肄业，不与汝之性情相违。汝今既入此，应努力上进，尽得其奥。勿惮劳⑤，勿恃贵，勇猛刚毅，务必养成一军人资格。汝之前途，正亦未有限量，国家正在用武之秋，汝只患不能自立，勿患人之己知。志之，志之，勿忘，勿忘。抑余又有诫汝者：汝随余在两湖，固总督大人之贵介⑥子也，无人不恭待汝。今则去国万里矣，汝平日所挟以傲人者，将不复可挟，万一不幸肇祸，反足贻⑦堂上以忧。汝此后当自视为贫民，为贱卒，苦身戮力，以从事于所学，不特得学问上之益，而可借是磨炼身心，即后日得余之庇，毕业而后，得一官一职，亦可深知在下者之苦，而不致予智自雄⑧。余五旬外之人也，服官一品，名满天下，然犹兢兢也，常自恐惧，不敢放恣。汝随余久，当必亲炙⑨之，勿自以为贵介子弟，而漫不经心，此则非余之所望于尔也，汝其慎之。寒暖更宜自己留意，尤戒有狭邪⑩赌博等行为，即幸不被人知悉，亦耗费精神，抛荒学业。万一被人发觉，甚或为日本官吏拘捕，则余之面目，将何所在？汝固不足惜，而余则何如？更宜力除，至嘱，至嘱！余身体甚佳，家中大小，亦均平安，不必系念。汝尽心求学，勿妄外骛⑪。汝苟竿头日上，余亦心广体胖矣。父涛⑫示。五月十九日。

【注 释】

①干：盾牌。城：城墙。干城：比喻守卫者。

②弄：用手玩弄，比喻好动。

③折桂：科举时代称"及第"为"折桂"。探杏：唐时进士在杏园举行"探花宴"，故以中探花为探杏。

④科甲：明清时的科举考试，录取者分为三等，即一甲（前三名，状元，榜眼，探花），称进士及第，可委以重任；二甲（若干名），称进士出身，可入翰林院供职；三甲（若干名），称同进士出身，可任知县，各部之主事。

⑤勿惮劳：不要害怕辛苦。惮，畏惧，害怕。

⑥贵介：即尊贵。

⑦贻：遗留，留下。

⑧戮力：并力，合力，谓努力、尽力。予智自雄：意为主观自大。

⑨亲炙：亲身受到教益。

⑩狭邪：旧称娼妓家为"狭邪"，此指宿妓嫖娼。

⑪外骛：谓好高骛远。

⑫父涛：张之洞自指，张氏字孝达，号香涛。

报邹岳生书

（清）谭嗣同

【题　解】

谭嗣同（1865～1898 年），字复生，号壮飞，湖南浏阳人。著有《谭嗣同全集》。

这封给好友的信中，谭嗣同阐述了人一生为世事所困是很正常的，但一定得按照自己的心愿去做，不管结果是成功或是失败，只要有所追求无愧于心就可生活得坦荡自然。一个人在世上生活必须学会自悟，在内心要保持清醒，不为身外之处所累，少些贪念杂欲，才可活得潇洒自如。

【原　文】

来书谨悉。每念足下忧贫甚切，窃以为过矣。人生世间，天必有以①困之：以天下事困圣贤困英雄，以道德文章困士人，以功名困仕宦，以货利困商贾，以衣食困庸夫②。天必欲困之，我必不为所困，是在局中人③自悟耳。夫不为所困，岂必舍天下事与夫道德文章、功名、货利、衣食而不顾哉？亦惟尽所当为④。

其得失利害，未足攖我之心，强为其善，成功则天，此孟子所以告滕文也⑤。可见事至于极，虽圣贤亦惟任之而已。况足下之事，尚未至于极哉。天壤间自多乐趣，安用此长戚戚为耶⑥！又如某事，嗣同不过随意行之，初无成见，亦不预期其将来如何，纯任自然未必不合圣人绝四⑦之道。"故遇事素无把握，惟发端则以此心有愧无愧为衡⑧。若某事，请代思之，其有愧乎？其无愧乎？至足下所虑，是诚不可解矣。昌黎⑨《伯夷颂》曰："举世非之，力行而不惑者，天下一人而已。"盖古人以理为断，不闻以人言为断。心为我之心，安能听转移于毁誉哉！倘足下必欲止此事，则请深思至理之极以相晓，便当伏首听命也。

【注　释】

①以：介词，"用"的意思，这里是指"用……困之"。

②仕宦：做官的人。商贾：商人。庸夫：指平民百姓。

③局中人：指"圣贤"、"英雄"，"士人"，"仕宦"，"商贾"和"庸夫"。

④"亦惟"句：意思是只要自己尽力去做就可以了。

⑤"强为其善，成功则天"：语出《孟子·梁惠王下》："若天成功，则天也。君如彼何哉？强为善而已矣。"攖：扰乱，干扰。

⑥天壤：天地。戚戚：极度悲伤的样子。

⑦绝四：语出《论语·子罕》："子绝四——毋意，毋必，毋固，毋我。"其意为：孔子一点也没有四种毛病：不悬空揣测，不全部肯定，不拘泥固执，不自以为是。

⑧衡：原指秤杆，秤，这里引申为"标准"、"准则"。

⑨昌黎：即韩愈。

谕儿书

（清）吴汝纶

【题　解】

吴汝纶（1840～1903 年），字挚甫，安徽桐城人，桐城派后期的重要作家。清同治四年（1865）进士，先后在曾国藩、李鸿章府上任事，据说曾、李奏议多出自他的手笔。曾赴日本考察学制，编成了我国最早一部介绍日本的专著《东游丛录》。

这封信是吴汝纶写给自己儿子的家书。信中他再三告诫儿子要有宽容忍让的大胸怀，并以孟子的"生于忧患"、"存乎疢疾"为例，说明这些品质的重要性。因为人生在世，难免遭遇各种不顺心的事，但是一颗宽容的心和忍让的品质却是化解诸多矛盾的良药。全文虽寥寥数语，却饱含着一位父亲对儿子的深情和关爱。

【原　文】

忍让为居家美德。不闻孟子之言，三自反①乎？若必以相争为胜，乃是大愚不灵，自寻烦恼。人生在世，安得与我同心者相与共处乎？凡遇不易处之境，皆能掌学问识见。孟子"生于忧患"，"存乎疢疾②"，皆至言也。

【注　释】

①三自反：语出《孟子·离娄下》，意谓：有人对我蛮横无理，君子必然反躬自问，是否不仁无礼，然后改之；其人蛮横无理仍不改，君子必再反躬自问，然后改之；再蛮横无理，君子就会说：这人不过是个狂人罢了。

②疢疾：疾病，比喻忧患。语见《孟子·尽心上》："人之有德慧术知者，恒存于疢疾。"意思是人之所以有道德、智慧、思想、知识，是因为他有忧患意识。